百地《ももち》丹波《たんば》の標的

岬 涼
MISAKI Ryo

文芸社

百地丹波の標的

天正十三年、夏。

忍者の里として有名な伊賀と甲賀とが、隣接した地域だったことは案外知られていない。その国境となる辺りには、伊賀甲賀双方の忍びたちが特有な兵法をあみだしたという鈴鹿の山岳地帯がつらなっている。この一角で甲賀の忍びの親子が薬草を取りに来ていた。先代が手に入れたという怪しげな武士の地位を捨てて、再び百姓を志すこと十余年。ようやくコメづくりも板に付いてきた父、作造。そして少年、新造。

伊賀や甲賀における忍びとは、おもに地侍や百姓によって構成されており、いうなれば家業のようなものであった。地侍とは、幕府や守護の家臣ではなく、地方の豪族にルーツを持つ武士で、用水の管理などを通じて、郷村の実質的な支配者となった。伊賀や甲賀では、守護にも劣らぬ勢力を持っており、上下関係は事実上消失していた。

ただし、地侍のなかにも忍びもいればそうでない者もいて、それは百姓も同様だった。その主な仕事は、間諜などによる情報収集をはじめとして、敵陣への忍び込みおよび夜襲、要人の警護または暗殺などであった。室町幕府九代将軍足利義尚《よしひさ》が近江の領主六角高頼《ろっかくたかより》を成敗に行くが甲賀者の夜襲によって逆にやられてしまう、いわゆる「鈎の陣《まがり》」が契機となって甲賀の名を全国に広めた。以後、甲賀や伊賀に傭忍の申し入れが殺到する。

ところで長男の新造には忍びになりたいという気持ちがほとんどない。むしろ自分なりに新しい生き方を模索していた。ただ、集中力がないうえに生来の呑気さが重なり、そのうえ、これといった志もなかったので、一家の期待を裏切り続けていた。

忍びにとって薬草集めは重要な役目だ。なにしろ家族全員、上から下まで火傷や刀傷が絶えない。本来ならば十二歳にもなった新造にまかせてもいいような仕事だったが、彼にはまちがいが多かった。毒草と薬草とをごちゃまぜにするようでは、とても任せられない。これまで父の作造みずからひとつひとつ厳しく新造に教え込んできたが、それではきりがない。今度からは、日々の生活指導を長姉のユキに、剣術、格闘技に関する技術指導を次姉シズに任せることにした。作造が手ほどきするのも、この日が最後だ。そう考えると、不肖の息子新造のことが急にいとおしくなるのであった。

作造も今では甲賀でも指折りの忍びのひとりだ。四人の子どもたちにもゆくゆくは作造のように優れた忍びになって、伊賀の二代目服部半蔵の正成《まさしげ》に仕え、その右腕として存分に働いてほしいと考えている。しかし新造は早くも諦めムードだった。せっかく父と半蔵とが懇意であり、その半蔵はこのたび伊賀越えにおける功績が家康に認められ、徳川家の隠密頭に昇進したことなどを考えれば、仕官も夢ではなかったが、新造は自分の将来の生活設計すら自分で行おうとはしなかった。

作造は正式の名を芥川作右衛門といい、一応は侍の忍びの一人息子であった。作造の父、すなわち新造の祖父にあたる三樹三郎は、若いころは忍びの百姓であったが、次第に財力をつけ、剣術の筋もなかなかのものであったらしく、財産を六角に提供して、代わりに下級武士の資格を得た。しかし、この資格には何の権威もなく、自己満足にすぎないものであった。

作造が四歳のころ父親は間諜に失敗し、敵の手に掛かってリンチを受け、ようよう逃げ帰って来たものの瀕死の重傷を負っていた。ケガは一向に回復せず、一家には忍びの日銭も入らなくなって、いよいよ食料も底をつき、餓死が現実の問題になってきた。妻のチカが忍びの元締め宅を訪ね、伊賀にいたころの自分の活躍ぶりを述べて、仕事を回してほしいと懇願したが、甲賀では女の忍びは扱っていないと一蹴されてしまう。四方手をつくしてもどうにもならない。仕方なく近くに住む百姓にわずかばかり借金の打診をしてみた。だが、それが裏目に出てしまう。忍びの嫁が金の無心に来たと、大いにひんしゅくを買い、あらゆる不幸が彼らのせいにされた。挙句に、日照りが続く原因にまでされてしまい、追放しようという動きが起きる騒ぎとなった。

幼い作造までがいじめられるようになった。侍とは偉いものと思い込んでいた作造は、忍びの権威のなさに愕然とする。侍には本物の侍のほかに忍びに属する最下層の武士たちがいて、自分のうちはその身分であることに気がつく。低い身分の一部の武士は三樹三郎と同様、財政のひっ迫した六角氏から金で侍身分を買い受けるとともに、一時的に六角の家臣になっていた連中で彼らは当然ながら由緒もあてにならない。身分としては武士と百姓との中間と位置付けられているせいか、百姓たちからも軽く見られがちだ。ましてや、この間まで同じ百姓だった家なのだ。百姓たちから嘲りの言葉を浴びせられたが、三樹三郎は友人の地侍から援助を受けて、なんとか食いつないでいた。

だが、父が生きているうちはまだましな方であった。二年後に父は他界。状況は一変した。いちばん変わったのは、母チカである。作造を親戚の家にさっさと預けると、近所にすむ豪農の倅をたぶらかして、ねんごろな相手とするのに五日とかからなかった。作造は牛馬並みの待遇に甘んじながら、幼い身を削る思いで働いた。

作造はときおり母が差し入れてくれる書を読み、いろんなことを学びながら、こういう暮らしから逃げる機をうかがい続けた。十二歳になったある日、作造自身の養育費を母親からぶんどってくるよう伯父に命じられた作造は、気乗りせぬまま母に会いに行った。いつも居留守を使う母が珍しく誰やらと話しているのが聞こえる。今日こそは、お金が取れそうだと期待して、いきなり障子を開けてみると、そこで目撃したのは、裸の母が布団の中でどこかの男とまぐわっているところだった。母の乱れた髪を見ながら、作造はこの六年間の苦しみを思った。しかし、母は悪びれもせず「なんの用だい。金ならないよ」と突き放したのだ。彼は母を憎んだ。

(侍の肩書も母親も、みんなあてにならない)

作造はぴしゃりと障子を閉めると、突然、駆け出した。「こんな日々がいつまでも続くはずはない。いつか変わる日が来るさ」と母に言われた言葉だけを信じてここまでやってきたが、徒労であった。そんなあてにならない時を待つよりも、いま目の前に転がっている千載一遇の機会を生かしたほうが格段に早いことに、ようやく気がついたのだ。

涙があふれて止まらない。作造にとっては、あんな母でも親にはちがいなかった。もう逢えないかもしれない、そんな気がして仕様がない。こういう別れ方なら、これまで何十回となくチャンスはあった。折り目正しい別れ方をしたいと思えばこそ、馬鹿正直に六年間を待ち続け、伯父叔母やいとこたちの白い目に耐え続け、母親を信頼し続けてきたのだ。

彼が身を寄せたのは、同じ甲賀の伴源八郎という武士の住まいとなっていた小城郭で、父がまだ元気だったころ連れられて何度か訪れたことのある、身分を越えた父の友人宅だった。父が大怪我をして一家が路頭に迷いかけたとき、助けてくれたのも彼だった。

世は戦乱の時代。伊賀や甲賀にあっては血のつながった同族や地域で団結した集団ごとに対立しあい、伊賀者同士、甲賀者同士による血で血を洗う凄惨な殺し合いが、まだ繰り広げられていた。そんななか、父と源八郎だけは互いに相手のことを気にかけあっていた。

父の葬儀のときに源八郎は作造を傍らに呼びよせ、困ったことがあれば相談に来なさい、と言ってくれた。そのことを作造はずっと憶えていたのだ。

それでも多くの不安を引きずりながら作造が訪ねてみると、はたして源八郎は快く迎えてくれた。そればかりか、作造の追い詰められた日常を見抜いて、かくまうことを早々に決め込んで、まもなく駆けつけた追手の連中をうまくやり過ごしてくれた。

源八郎は諜報活動に長じているだけでなく、剣術の達人でもあり三人の弟子を育てていた。試しに作造に木剣を持たせてみたところ、源八郎は我が目を疑うこととなった。それほど作造の剣さばきは見事だったのだ。この才能は自分などがへたに指導すべきではない。早いうちにしかるべき師を見つけて、修業を積ませるべき才能だと思った。旧知の伊賀者を通じ、三河などを転々としていた服部半蔵正成との面会をはたした。正成本人はどちらかといえば槍の名手として知られていた男だったが、数々の修羅場を経験してきている。作造の師としてはうってつけだった。こうして正成、源八郎、作造の三人で話し合った結果、さしあたり五年間、正成の仕事を手伝いながら、修業を重ねることで同意を得た。いざ始めてみると、作造はその天才ぶりをいかんなく発揮し、日ごとに腕を上げ、三者の狙いはどんぴしゃと当たった。作造はあれよという間もなく師範代級に昇りつめ、数多くの伊賀甲賀の使い手を育て上げ、郷里に送り込んだ。しかし、人の世とは自分にばかり都合よくはできていない。才能あるがゆえの悩ましい問題もあった。正成自身が作造の才能にほれ込み、彼を手放すことに消極的になっていたのだ。

さて、いつのまにか年月がたってみると、作造の母に対する思いにも変化が生じていた。十年前から作造は母親に見切りをつけ、今までひと言も伝えることなく、郷里を離れたままであった。実のところ、母のことは半蔵のもとへ来た時から気になっていた。母が娼婦に堕した姿に失望して、村を飛び出してきたのだったが、考えてみれば忍びしか知らない女が生きていく道は、ほかになかったのかもしれない。半蔵の弟子になった喜びを真っ先に伝えたかったのは母であったし、師範代級に腕を上げたときもそうだった。また、半蔵の遠縁にあたる伊賀の忍びミツとの縁談が舞い込んできたときには、さすがに手紙でも書こうと筆をとってはみたものの、ひと晩経っても一向に進まぬ筆に、ミツのほうが呆れはて、

「近いうちいっしょに逢いにまいりましょう」と、背中を押される始末。

「ぼやぼやしているといよいよ村に帰れなくなるぞ、村の雰囲気もだいぶん変わった、もうお前が案じているような住みにくい村ではない、何よりも忍びの数が増えた、今では百姓と言えばたいていは忍びじゃ。早く、正成殿に断りを言って村へ帰ってこい」と、源八郎にも発破をかけられ、胸いっぱいに郷愁が広がったが、作造の腰はなおも重かった。

作造にその気配がないとみるや、ミツの行動は早かった。まだ嫁入り前だというのに旅支度もそこそこに、甲賀まで会いに行ったのだ。作造には内緒の行動であったが、「よく来なすった」と涙を浮かべてチカは礼を言った。

近くに住む住職の薦めで髪を落として誦経《ずきょう》三昧の毎日であるらしかった。作造のことを問われたので、服部半蔵にずいぶん気に入られている旨話すと、これまた涙を流して喜んでいた。作造に会いたいか聞くと、「元気でやっておるなら、それで十分じゃ」と応じた。それが母の残した最後の言葉となった。

作造が半蔵に礼を述べミツとともに村に帰ったときには、母はすでに亡くなっていた。作造は、墓前で長年の不義理を詫びた。地侍から百姓に転身を図った者が増えたためか、たしかに百姓同士の交流が進み、嘲りの言葉を露骨に耳にすることもなくなっていた。作造はふたたび自分を迎え入れてくれた百姓たちに感謝した。

知人に売っていた竹林を買い戻して、再び箸やざる、箕、籠、笠や傘などの日用品を中心に売って回った。勿論、情報収集が目的のときもあった。また、作造にも、百姓の友達が増えていった。彼らは農地に縛られた暮らしをしていたから、作造が行商先で知った話などを聞かせると大いに喜び、作造はだんだんと村の人気者になっていった。作造の方も百姓たちの話を熱心に聞いた。源八郎の道場で知り合った弥助もそんなひとりだった。

彼自身も耕地を借り受け、イモや野菜を作り始めた。そのほか、村の者の田植えや稲刈りを積極的に手伝いありがたがられるとともに、経験を積んでいった。次第に諜報活動の必要が薄れていく中で、農業への転職はむしろ経済的な安定をもたらした。当地における長年の努力が実を結び、作造は実質上の村の代表を務めるに至った。

*

ポルトガルから鉄砲と火薬とが伝わって以来、忍びの仕事も諜報活動よりもむしろ暗殺の依頼が多くなった。織田信長も伊賀者や甲賀者に生前、命を狙われた。そのことが影響したわけでもあるまいが、息子の新造は性格も生い立ちも作造とは正反対であった。初めのころこそ忍びにあこがれていたが、最近はさっぱりであった。何にせよ飽きっぽく、積極性に欠け、作造を苛つかせてばかりいた。

この日もそうだった。

新造は作造の指導のもと、暑さにも負けず薬草集めに集中していた。

「あまり、最初から気を詰めてやると、へたってしまうぞ。薬草集めは楽しんでやるくらいでちょうどいいのじゃ」との作造の注意も耳に入っているのかどうか……。新造は作造の倍くらいの速さで採取している。

作造からは新造が見えなくなったころ、ワシワシと途切れることのない蝉しぐれに混ざって微かに篠笛の音がしていることに気がついた。それは新造の野次馬根性をさわがせ、釘付けにした。すでに新造の頭からは、ここに来た目的などは抜け落ちていて、新造はただただ音のする方に向かっていった。特別に音曲の素養が備わっているわけでもない。それは好奇心ですらない。彼には音曲に限らず、野次馬根性以上の意識を持って動いたためしがない。飽きっぽさが最大の欠点という、父親とは似ても似つかぬ性分だった。

林の中の小径をそのままをしばらく歩くと、坂がなだらかになる場所があった。その先には大きな池が横たわっている。対岸付近には滝が落ち、池は滝つぼへとつながっていた。間近まで来ると、笛の音よりも滝の音のほうが大きくて、どこで笛が鳴っていたのかさえわからなくなってきた。

やがて、池のほとりの針葉樹の陰に、女がひとりで立っていることに気がついた。寸足らずの色あせた縞柄の浴衣を着て黄ばんだ布ひもを帯の代わりに締めた、その女からは貧しい暮らしがにじみ出ていた。だが、女が奏でる篠笛の調べは甘く切なく響いた。大人が聞けば女の吐息のように聞こえても、子どもの新造にはわからない世界だった。新造に気がつくと、女は吹くのをやめた。

「なあんだ、子どもか。てっきり客かと思った」

脛にとまった蚊をぴしゃりと打ち殺しながら、女は言った。

女はまだ若かった、というより幼かった。十四の齢でからだを売っていたのだ。篠笛は客との交渉のきっかけづくりのための小道具であった。

「客って何の客だい？」

女は最初、からかわれているのかと思った。それで女は浴衣の裾を上げてみせた。太腿まで見えて、新造はびっくりしている。

「わかったかい？」

「うん」とは言ったものの、この時はただ面食らっているだけだった。

「私を抱きたいっていう奴はみんな客だよ。齢なんて関係ないし、男だろうが女だろうがかまわないよ。あんた金持っててんのかい」

「持ってない。ワシはただ、あんたの笛が聞きたくて、来たんじゃ」

「それじゃ私の客じゃないね。今度来るときは金持って来な。可愛がってあげるよ」あっさりした女だ。

「姐さん、甲賀の人か」

「ううん、伊賀だよ」女は終始にこやかな表情で応じ、とても春を売っているようには見えない。目じりに小じわを宿しているほかは総じて童顔で、愛くるしい表情をときたまのぞかせる彼女は、身に着けているものが貧乏くさいだけで、容姿は美しかった。目じりに現れる小じわでさえ性格の明るさを示しているようで、好ましかった。新造は女に惹かれていくのを感じた。

「お兄ちゃん、誰かにそっくりと思ったら、駒やんだ！　駒次郎にそっくりやわ」

「誰や、それ」

「いや、こっちの話や。お兄ちゃん、笛が好きなんか？」

「今日、好きになった」

「えーっ、あはは……、あんなのが好きなんか、ませた子やなあ」

「何か吹いてみてよ」

「もう帰らなあかん。私のひとつ上の姉はもっとうまいで。ちょっと性格きついけど、根はやさしいから。でも、怒らせたらあんな怖い人はいてへん」

「ワシの名前は新造や。姐さん、名前は？」

「カエデや」

カエデは新造のそばまで来て、その後頭部のあたりを撫でながら、「じゃあな、イ、ロ、オ、ト、コ」と耳元でささやいた。吐息が耳にかかると新造は興奮して立ち尽くした。

カエデは池の前までの二町ほどを歩いたのち、帯代わりにしていた布紐をほどき始めた。さらに襦袢《じゅばん》を取ると全身が明らかになった。素っ裸になったのを新造は後ろから興味津々で眺めていた。カエデはちらっと新造を見て、

「なんや、まだいたのかい。のぞいてたんやろ？　すけべなやっちゃなあ」

「自分が勝手に脱ぎだしたんじゃないか」

「だからのぞいていいという理由にならへん」

「お前、あそこ丸見えやぞ。そんな恰好で説教垂れるとは呆れた奴じゃ」

カエデは顔を赤くして、手で乳房と股間を慌てて隠し、

「何さ、自分だっておちんちん立ててるくせに」

「立ってへんわい！　ええ加減なこと言うなよ。見てみい」

新造は勃起していないことを証明するために、自分も全部脱いで見せた。ところが新造の局部はいきりたつというほどではないものの、中途半端に勃起していたのだ。カエデは大笑いしたのち、帯代わりの布ひもで、身に着けていたもの全てを頭に結わえ、笛をくわえると向こう岸を目指してさっさと泳いでいった。カエデの露わになったはずの股ぐらが小さな波のせいでかき消されるのを後ろから目で追いながら、新造はひとり取り残されていた。

「ほうお、泳いでおるとは余裕じゃな」

野太い声に驚いて、見ると父親の作造がほとんど真後ろに座っていた。

「あ、父さん。ごめんなさい」

「泳いでおったことを謝っておるのか」

「ええ、そうです」

「それだけならあやまらんでもよかろう。これだけ暑いとな、ワシも泳ぎたいくらいじゃ。ど

れ、お前が取った薬草を全部持って来なさい」

　作造は新造が持ってきた薬草をしばらくみていたが、ひとつまみ草を取ると
「これは何という名でどういう症状に効くかこたえてみい」

「ヨモギです。切り傷に効きます」

「確かにヨモギは止血に役立つ。だが、これはヨモギではない。トリカブトという毒草じゃ。半分以上がただの草で残りの半分が毒草じゃ。薬草を摘むものは、その安全を確認して次の者に引き継ぐ責任がある。仕分けまで確実に済ませてな。つまり、これでは使い物にならんということだ。お前は遠くまでわざわざ足を運んで、草むしりをしたに等しい。お前がやったことは無駄であったわけだ」

　作造はじっと新造の目を見た。新造は急に虚しくなって、思わず泣きそうになっている。

「悲しいとは思わんか。いつまでこんなことをくりかえすつもりだ。もうそろそろやめにしないか」

「父さんは私をもう殴らないのですか」

「もうやめた。殴ってもどうにもならんじゃろうが」

　新造は逆に悲しくなって、おいおい泣き出した。

＊

籠を背負った作造親子が、村の我が家を目指して歩いていると、前方からこちらに向かって来る、ひと組の夫婦があった。夫婦ともども作造たちに気がつき、笑みを浮かべている。伴源八郎夫妻である。お内儀《かみ》はツルという名であった。夫婦で齢が親子ほども離れている。源八郎はすでに高齢を極め、ツルの方は今が女盛りというところである。なにやら、ぱっと見たところ、引っ越しの構えである。しかも、ただの引っ越しではない。甲賀者の恨みのこもった引っ越しのようだ。作造は言葉を選びながら、何があったか尋ねてみた。

「直接関わってもおらんのに、所領地と家屋敷を没収された。紀州雑賀攻めの折、甲賀武士担当のところに不手際があったそうで、それに対する改易じゃ。巷では、嵌められたと言って大騒ぎしておるから、何らかの策謀があったとみて間違いあるまい。たまたま空き家が見つかって引っ越すところじゃ」が、源八郎の答であった。

「なぜ処分を」

「なんでも筑前守が太田城を水攻めなさったときに、甲賀衆担当のところから水漏れがあったそうな。秀吉公はぶざまじゃとお怒りになったというが、真偽はわからぬ」

「わが甲賀衆に限ってそのようなことがありましょうや。むしろ、各担当の指導に当たるべき立場にござれば、かような噂が大名の間に広がりますと、『鈎の陣』の逆となり傭忍の依頼は激減いたしましょう」

「それがねらいかもしれん。甲賀はどうなるのやら心配じゃが、まあ、暗い話ばかりしていても仕方があるまい」

「ところで、伴殿は元気にしておられましたか」

「そういう挨拶は最初にするものじゃ」

「相変わらず手厳しゅうござる」

「何を言うか。これでもやさしすぎるくらいじゃ」

「ツル殿も大変ですな」

「そうでもございませんわ。家の中では可愛い子猫ちゃんみたいですもの」

「はっはっは……、仲のいい夫婦を見ておりますと、何か無性に腹が立ってきますな、はっはっは……」

ツルはみんなを笑わせたあと場を外し、道の傍に腰を下ろして、新造を手招きして呼び寄せ、何か頼みごとをしている様子である。

そのとき源八郎が作造に言った。

「冗談はさておき、久しぶりに会うたんじゃ、一杯付き合わぬか」

「よござんますなあ。しかし、大丈夫でしょうな」

「そのために慌てて引っ越したようなものじゃからな。それと、もう一つ頼みがある」

「何なりと」

「ツルのやつが新造と家の掃除をしたいと申して聞かんのじゃ。一晩、お借りしても構わんか。新造でなけりゃいやじゃそうな。わがまま言いおって」

「おやおや、かわいい子猫ちゃんはどちらですやら」

「もう、ツルが聞いておるが」と言いつつ、ツルがうなずくのを見て、

「おう、かまわんそうじゃ」と安堵した様子だ。

「うちに泊まったらいい」と源八郎が言うので、

「伴殿こそうちにお泊りになれば」と水を向けると、

「それでは遠慮なく」と、こちらは返事が早かった。

かつて剣術の師範をしていた源八郎には、作造のほかに三人の弟子がいた。最年長は当時十七歳の源吾という男で、以前は常吉を名乗っていたが、一番弟子ということで源八郎の「源」の字をもらい、改名した。まれにみる逸材と源八郎からはかなり期待されていたが、いかんせん気の短い気分屋で、城内の道場で新たに弟子入りしてきた作造に敗れ、近年急速に腕を上げてきた弟弟子の弥助にまで敗れたことから、すっかりやる気をなくして、以後道場からも足が

遠のき、村のよからぬ連中との付き合いを深めていった。

源八郎には若かりしころに所帯を持った妻がいた。その連れ子がツルだった。妻は若くして病に倒れ、まだ幼いツルを残して他界した。源八郎も戦乱の中で親兄弟を早くに亡くし、孤立無援の状態が長かったためか、ツルが年頃になっても嫁に出そうとせず、ツルの方も嫁入りなどには関心がなかった。そのため、どちらからともなく夫婦を装って生きてきたところ、いつの間にかツルは、お内儀と呼ばれるようになった。

ただ、家庭では親子の一線はかたくなに守り、その代償として互いに恋愛は自由で、このことには口出ししないという約束ごとになっていた。したがって、いま村でこの夫婦の秘密を知るのは作造と弥助、そして源吾のみであった。

その夕刻、酒の入った椀を宙に浮かせたまま源八郎が言った。

「しかし、甲賀武士に対する今回の処分をよろこんでおる伊賀衆は多いと聞いた。何か面倒を起こさなければよいが」

「そりゃ多いでしょう。私どもは裏切り見捨てたのですからな。もっともこちらの方にも言い分がある。ふたりも三人も内通者を出しておきながら共同戦線をとは無茶苦茶な話で……。その場で、馬鹿にするな！　と怒鳴り上げてもよかったような話ではござらぬか」

「どうして尻をまくってひきかえさんじゃったのかの。それさえやっておれば伊賀衆に逆恨みされることもなかったじゃろうに」

「話の斬りこみ方と締め方に惣国一揆《そうこくいっき》のほうが長じておったということでございましょうな。流石に寄合の時に喧嘩ばかりしておりますと、まとめるべき話がまとまらぬ代わりに、その辺の呼吸だけはうまくなっておりますから郡中惣《ぐんちゅうそう》では相手になりますまい」

「まあ、いずれにしても同じような問題は残ったかもしれんな」

「家康殿が鈴鹿越えをされたときがひとつの接点でござった。あの時は正成殿と多羅尾《たらお》殿が手分けして伊賀甲賀からその日のうちに五百を集めましたからな」

「だが、いまだに双方に反対の者がおる。双方の顔が立つようにせにゃならん」

「いずれにしても、両陣営に顔が利く半蔵殿の力が必要。今はただときの熟するを待つしかありますまい。いま下手に動くと余計こじれますぞ」

　このふたりが話していたのは、四年前に起きた織田信長と伊賀との全面戦争、すなわち天正伊賀の乱のことである．源八郎は、伊賀と甲賀との関係修復の道を模索しているのである。

　その半時ほど前、新造とツルとは源八郎とツルが住む小城に着いていた。

　ツルはその身のこなしが上品で、かつ言動に隙もなければそつもない。模範になる先輩として、非公認の甲賀の女忍たちから尊敬されていた。新造のふたりの姉とて例外ではない。ときどき源八郎と一緒に作造宅を訪れると、あっという間にツルを囲んで、最近起こったことや忍術のことを話題にして離さなかった。

「やっと着いたね。さ、おあがり。しばらくの間、もう出入りできなくなるからね」

ツルは自宅に着くと淡々としてこう言った。

「では、失礼いたします」

ツルは座敷へ案内し、小柄なからだをてきぱきと動かして、食事の準備をした。

「いただきます」

ツルは目を細めて、嬉しそうにみている。

「お内儀さんはたべないんですか？」

「そうですか」

「わたしはいいのよ、ありがとう。やさしいんだね」

「きっとご両親の育て方がいいのよ」

「そんなこと言われたの初めてですわ。いつもぼろくそ言われてます」

「あらあら、そうなの」

「お父ちゃんは怖い」

「今日はどこに行ってたの？」

「薬草を取りに行ってました」

「そう、たくさん取れた？」

「ワシはさっぱりでした。おまけに薬草じゃないのがたくさん混じってて、お前は草むしりに来たのかって叱られちゃった」

「あっはっは……。面白いねえ。今日で何度目？」

「三度目です」

「じゃあ、叱られるわ。あたりまえよ」

しばらくの沈黙ののちツルが言った。

「新造はお百姓の仕事好きか？」

「好きも嫌いもありませんが。それがお役目ちゅうもんですわ」

「へえ、大したもんだねえ」

「でも、忍びは嫌いです」

「えっ？」

「忍びは祟《たた》られているから嫌いや」

「何をもって祟られた言うてんの」

だんだんツルの表情が険しいものになってきた。

「忍びでない者はみんなそう言うてます」

「つまらぬことを」

「どうしてそう言い切れますの」

「私は神仏というものは、もっと大きなものと信じてるからや。神や仏がそないなケチなことでどうするねん」

「そう言われると、神や仏いうてもワシらとあんまり変わらんかもしれませんなぁ。怒ったり、嫉妬したり、それで祟りを起こすて変な話や」

「どうしてそうなるのか、わかるか？」

「さあ、わかりません」

「祟りって人間が考え出しているからや。災難があったときに神様や怨霊のせいにしとけば追及もされないし、とりあえずは八方丸く収まるからね」

「なるほどなあ」

「考えることを面倒がらなけりゃすぐにわかることさ。新造、ええか。周りに流されるだけじゃあかんで。世間なんて何の役にも立たへん」

しばし沈黙の時間が流れた。

「私は何も難しいことは言うてへんで。ただ、お父ちゃんのように誇りを持って、生きてほしいだけや」

（誇り？　誇りてなんや）

そろそろ新造がそわそわしてきたのを見て、ツルが実は掃除も終わっていることを告げると、新造は驚いたようだった。

「えっ？　確かに塵ひとつ落ちてませんけど。こんなお城みたいなおうちをひとりで掃除されたんですか？」

「そういうこと」

「でもワシが今日ここに呼ばれたんは……」

「まあ、いいじゃない。はじめはお掃除手伝ってもらおうと思ってたんだけど。でも、いっぱい話したくなってね。それで出かける前にさっさと片付けてしまったわけ。いけなかった？」

「いいえ、ちょっと拍子抜けしただけです。それにしてもお内儀さんてすごいですわ。ワシ、まるで飯をごちそうになりに来たみたいですやん」

「あ、ごめん。気がつかなかった」

「別に責めているわけじゃありません。恐縮してるんです」

「それと、もうひとつ嘘ついちゃった」

「今度は何です？」

「今度のは、伴も作造さんも知らないことよ。いや、伊賀や甲賀の人たちは誰も知らないはずだった。だけど、百地丹波《ももちたんば》の息のかかった忍びに出自を見破られちゃったの。本来なら、誰にも知らせないまま行方をくらますつもりだったんだけど。私だって、そう簡単に死ぬわけにはいかへん。私にも誇りがあるしな」

当時、伊賀は服部、百地、藤林の三家が力を持っており、特に服部半蔵と百地丹波とは伊賀の方針をめぐってしばしば対立していた。

「お内儀さんの出自の秘密ってなんですの」

「あなた、本当に秘密を守れるの？　さっきの薬草採集のような調子だと信じられない。今の興味が好奇心だけなら、やめていたほうがいいよ。口を滑らそうものなら、直接私があなたを殺しに行くからね。これはただの脅しなんかじゃないよ」

「わかりました。秘密は守ります」新造は神妙に答えた。

「そんなに聞きたいのかい」

「ええ。もう会えへんかもわからんし」

「実は私も誰かに話しておきたくて……。あのな、私、滝川一益《たきがわかずます》の間諜だったのさ」

「ええっ、じゃあ織田側の間諜だったってこと？」

「ああ」ツルは目を伏せてそれだけ言って黙った。

「信じられない」

「死んだ母親がそうだったんだ。それで、後はお前がやれって、九歳の時だよ」

「つらかっただろうね。ワシなら耐えられない」

「友だちも作るなって。幸い、織田が死んだものでお役御免になったのさ」

新造はツルがかわいそうで、目に一杯涙をためている。

「ささて、そしたら、さっと水でも浴びてきたら」

つとめて明るくツルが言った。日も暮れようとしていた。

「うん。では、遠慮なく頂きます」二の腕で涙をぬぐいながら新造は応えた。

すでに廊下に囲まれた中庭にはゴザが敷かれ、行水の用意がしてあった。新造が早速水をかぶっていると、ツルが背後の廊下から声をかけてきた。

「背中流してあげよ」

「すんません、何から何まで」下駄の音が近づくのを待って背中越しに礼を言った。

新造はさっきの話が忘れられなかった。

「これからどうしはるんですか？」

「さあな、いつまでも源さんと一緒にいるのもつらいしな」

ツルはうつむいていたようだが、急に話を変えるように、

「あんた、さっき忍びの仕事は嫌いと言ってたね」

「嫌いです。呪われた仕事という気がします」

「祟りの次は呪いかいな。似たようなもんやないか。そんな考えでいたら、変えられるものも変えられなくなってしまう。抜けられない仕組みになってたから私の場合も仕様がなかった。でもね、そういう仕組みを作ったのも人であることに変わりない。人の手によって作られた仕組みだったら、人の手で変えていったらいいんとちがうかって思ったのよ。それだけのことさ」

沈黙が重くのしかかるのを嫌って、ツルは急に能弁になった。あるいは、こちらの方こそ話したかった中身なのかもしれない。そう思ううちに、両の手は流れるように動いていく。ツルは新造の肩から脇の下を洗って、あばらの浮いた脇腹へと移っていった。

「何を変えていったんですか？」

「それが、ここで言うのも恥ずかしいくらい身近でちっちゃなことなんだ」

「なんですの」

「変えるといっても、自分だけが望んでいることだったら、誰もついてきやしない。それでいろんな人に聞いていったの。何か変えてほしいことないかって。そしたらね……女の忍びが口をそろえてこう言ったのよ。『女の忍びが公認されてないからといって、くノ一って呼ぶのはやめてほしい』だって」

「へーえ」

「そしてそのことをうちの人に言ったらね、『わかった』と言って、村で評議にかけてくれて、決まりだったわ。だから誇りが持てるように変えていくことも大事だよ」

そう話すツルは、新造の首を洗い終えた。次に胸を洗おうとして、新造の背中越しに腕を伸ばして、後ろから抱き着くような恰好になってしまっている。新造は何かが背中にときどき当たっているのに気がついた。まるで指先が当たっているかのようだが、それよりも柔らかい感じだし、そもそも両手とも胸を洗っているのだから、あり得ないのだ。しかも、その指のようなものは、次第に大きく硬くなってきたような気がする。

（まさか！）

しかし、ほかに思い当たるものはない。そう考えた途端、新造の股間でおとなしくしていたものが飛び起きるように反応した。新造の目の前にはツルの色白の腕が二本にょきっと伸びている。新造は、ツルがどのあたりまで着物の袖をたくしあげているのか、確かめてみたくなった。ちらっと後ろを覗き見たところ、ついに袖はなかった。驚いたことに、ツルも裸だったのだ。

「どうかした？」

「おっぱいの先が背中に当たってたんで……」

「嫌いなの？」

「おっぱいが嫌いな男なんているわけが……」

そのときツルが後ろからひしと抱き着いてきた。今度は乳首だけでなく乳房全体を新造の背中に押し付けている。その耳にツルの吐息が吹きつけられたとき、新造はそれまで経験したこともない快感に打ち震えた。

「かわいい……」

薄闇のなか、燭台に灯された蝋燭《ろうそく》の火が風に揺れている。ツルはそう言いながら、両方の脚をのばして新造の尻を挟むようにして、上半身ばかりか下半身まで引き寄せた。胸から腹まで新造の背中に、そしてツルの下腹部が新造の尾てい骨の辺りにぴたりとくっついている。

「どう？　女のからだは」

「柔らかくて気持ちいいです」

腰のあたりにツルの茂みがふんわりと当たっているのを感じながら、新造は小さな声でそう答えた。

「そう。私もいい気持ち。こうして新造を抱きしめていると、初めて一緒にお風呂入ったときのことを思い出すわ」

「え？　そんなことありましたっけ」

「憶えてないんだろなあ。まだ小さかったし。そんな小さいのに、あそこはしっかり立たせてたのよ」

「ええっ、嘘でしょう？」新造は顔を赤くし、ツルがああいう行動に出て、しかもこんな話をしていることにすくなからずおどろいた。

「ほんとうよ。全部ほんとの話だよ」

「うわーっ、穴があったら入りたいですわ」

「あんた今さら何言ってるの。今の新造だって、何を期待してるのか知らないけれど、ギンギンに立たせてるじゃないの」

そう言うとツルは新造の肩に顎をのせて前をのぞき込むと、それをつかんだ。

「ほうら。これよ、これ、これ」

と、まるで魚屋が活きのいい魚をあつかうノリだ。

ツルは新造の両肩に手を置いて、話を続けた。

「それでね、まだ言葉もろくすっぽ話せなかったころのことよ。いつまでも立ちっぱなしなの」

ツルは手を打ってケラケラ笑いだした。そして手の甲を口に当てると笑いながら、

「あの時期の子どもって、のべつ幕なし立てるんだね。いや、別に気持ちよくて立ててるわけでもないんだよ。私、そんなこと知らなかったからね。それで、あんたの期待に応えてやろうと思ってね、いやらしい踊りのまねごとしたりして、妙に色気振りまいてやったの。ところが、

あんたときたら不思議そうな顔してポカンと私を見てたわ。私だけバカみたい。ちょっとはこっちのことも考えてよ」

ツルは笑いが止まらないといったふうだ。

「それで今日の今日まで新造は覚えてるかなって、少しは期待もしてたんだけど。こんなにきっぱり忘れてるとはねえ」

と、憎らしげに新造を睨みつける。一方、新造も笑いながら、

「お内儀さんも案外抜けたとこがあるんですね」とやり返す。

お内儀は新造の尻をぺんと叩いて、

「抜けたとこだなんて言わなくってもいいじゃない」と応酬。

新造もツルも急に相手との距離が縮まったような気がしてうれしかった。

笑いの消えないうちに、ツルが何気なく言った。

「そしたら足洗おうか。こっち側向いてくれる?」

いくらふたりの距離が急速に縮まったとはいえ、新造は勃起させたままの姿をツルの方に向けることには、まだなんとなく抵抗があった。しかし、お内儀の裸が見れるのは、またとない幸運である。新造は目をつぶって、おずおずと後ろ側に向き直り、期待に胸を膨らませながらツルと向き合った。そして、ゆっくりと目を開けた。

燭台の明かりを頼りに、そこで見たものは、胸を腕で隠し、膝は閉じたままやや斜めに向けて、恥ずかしそうにしているお内儀の姿、……ではなかった。胸は隠そうともせず後ろ手をつき、両脚を地面に這わせて伸ばしたまま大きく開いているツルのあられもない姿であった。新造は目のやり場に一瞬困ったが、思い直して正視した。ふたりの間に妙な緊張が走った。

「新造。女の裸を見たの、初めてかい」

「へえ」先刻、カエデの裸を見たばかりだったが、ほかに返事のしようがない。しかし、こんなに正面からまじまじと女体を見たのは初めてだった。

（すごい）

女性自身の景色がすごいのではない。お内儀が臆面もなくそのような痴態を見せていること自体がすごかったのである。白い肌にひっそりと黒い茂みが息づいていた。ツルはうっかり声をあげそうになったが、まだ新造に聞かれたくないという思いからじっとこれをこらえ、新造を強く抱きしめた。新造はツルの呼吸が乱れ始めたことに興奮し、全身がしびれた。夜も更け、板の間で二人はゆるやかに抱き合って眠った。

早朝のまだ暗いうちに、水に掛かってくると言って、ツルはひとりで中庭に出ていった。しばらくするとびしょ濡れのまま、冷えたからだを隠そうともせずに、右の手に徳利を左の手にぐい飲みをもって現れ、新造の目をのぞき込んで「少し飲んでみる？」と聞いた。新造が黙って頷くと、濡れたままのからだをぴたりと新造の上にくっつけて、口に含ませた酒をゆっくりと新造の口の中に注いでいった。飲み慣れぬ新造は思わず咳き込んだ。そんな新造を見るツルの目は温かかった。

夜明け前になって、ツルは鼻歌交じりに屋外に出ると、小城郭の周囲を、素っ裸に下駄だけつっかけて、ぐるぐると歩き回っていた。それだけでは飽き足らず、新造にもそのままで出てくるよううながすと、新造が恥ずかしそうに出てきた。

そののち素足になって、天主閣の屋根の上によじ登ると、並んで腰を下ろした。カラスが一羽東の空を飛んでいく。

「いくら忍びでもさすがに空は飛べないね」

「そうですね。カラスがうらやましいですわ」

ツルはやおら立ち上がり瓦のうえで、大きく伸びをした。新造もそれに倣《なら》い伸びをすると淡い明かりが両者を包み、明け方の冷気が肌にしみ込んだ。

「新造、ありがとう。でも、自分の仕事を誇りに思えないなんて悲しい。考えることを面倒がっていたら、何も真実が見えてこないよ」

新造はツルが全身を隠そうともせずに自分の思想を語る、その不調和に刺激を受けた。そして、そのときの晴れ晴れとした表情を可愛らしいと感じてツルの肩を引き寄せ、横髪に唇を這

わせて、その小さな裸体を、同じように小さな裸体で強く抱きしめた。しかし、そんな新造に、
ツルはにこやかに、だがはっきりと言った。

「あら、まあ。あんまり一途になっても困るよ」

「へ？」

「わかってるとは思うけど、所詮は遊びだから」

「ああ、そういうことですかぁ」

「当たり前じゃないの」

ツルの乾いた笑いのなかに、新造は女の強さを感じていた。

*

家では作造が筆を執《と》っていた。そこへ、末っ子の武造がやって来て不思議そうに覗いている。

「お父ちゃん、何書いてるの？」

「ん？　今な、山崎宗鑑という人の『犬筑波集《いぬつくばしゅう》』という書の中から気に入ったものを書き抜いておったところだ」

「書き抜いてどうすんの？」

「どうもせん。ただ、勉強になるかなと思うてな」

そこへ妻のミツがやってきた。

「ほんとに、まあ珍らしなァ、あんたが書を読むなんて」

「最近はこの辺も連歌が大流行りでな。覚えとかんと稼業にも差し支える。どうじゃ、お前も何か詠んでみるか」

「うちはごめんだわ。そんなお公家さん方がするような遊び。まだ、カルタかお相撲でもしていた方が気が利いてるわ」

「相撲がとりたいて、お前、男みたいなことを言うなあ」

「男と女がとるお相撲いうのもありますやろ」

「お前の得意な夜の相撲いうやつか」

「そんな言うたら、私ばかりがお相撲を取りたがってるみたいに聞こえますでしょ」

「お前、また得意の外掛けで決めよう思てるのか。お前の外掛けは股間を寄せてくるところがいやらしいからなあ」

「あんたこそ最近は吊り出しが多なりましたなあ。あんな大技どこで覚えましたんか。私を抱き上げて何をするかと思えばあんなことを……。うふふ……、今日も吊り上げてほしいわ」

「日頃の研究の成果じゃ。いつまでも小股すくいだけというわけにもいくまいが」

「最初のころは勇み足と腰砕けばっかりやったのに。ほっほっほ……」

「うるさい。ワシはお公家さんの遊びで忙しい。お前こそ、どこかその辺で四股でも踏んで、順番が来るまで待っておれ。股を広げすぎてケガせんようにな」

「四股踏まなきゃいけないのはあんたの方です。そんな軽い腰では、いい相撲はとれませんよ。いちどうまくいったからといって前みつ相撲だけでは物足りない。たまには深く差してこんと」

ミツは作造の背中を思いきり叩いた。

このとき、その様子を見て大声で笑う声がしたので、驚いてふり向くと武造であった。ふたりともこの場に武造がいたことをすっかり忘れていた。兎にも角にも新造でなかったことは救いだった。互いに軽口を言い合うこの夫婦、新造の前ではこのようにふざけあうことがなかったのである。

作造の家庭はこの辺りでは経済的にゆとりがある方だった。これも源八郎のおかげである。ミツもかつては伊賀の忍びであった。今はすっぱり足を洗っている。ふたりには、上から十六歳のユキ、十四歳のシズ、十二歳の新造、七歳の武造という四人の子どもがいた。

前述のふたりの姉とは、ユキとシズのことである。ふたりとも、もう一人前の忍びである。当時の甲賀では、女を忍びにすることには全然積極的でなかった。だが、このふたりは別格であった。ユキは現在でいう柔術にすぐれ、そのほか杖術も習得している。山で成熟したイノシシから襲われ、逆にそれを絞め殺して担いで帰ったという逸話の持ち主である。ユキほどの使い手は男といえどそうそういるものではないが、一方のシズの実力も並大抵ではない。妹という立場上、一歩引いてはいるが、才能的にはユキ以上だと評する者も多い。シズはどちらかというと痩せぎすなうえ、特徴のない顔だちをしていて、ふくよかで美人のユキとは対照的だったが、身体能力の点ではまず互角と見てよかった。しかも、忍びとしては特徴のない顔立ちは敵側の印象にも残らないと言われ、却って重宝がられる。そういう意味でもシズに対する周囲の期待は大きかった。新造も、歳の離れたユキよりも、二歳しか離れていないシズの方に、より親近感をもっていて、結構わがままも聞いてくれるので、まるで犬のようにシズについてまわっていた。

＊

いつしか秋も深まって、台風の影響からか、せっかく色づいた木々の葉が狂ったように舞い騒ぐ、そんなある日のこと。新造はカエデの笛が聞きたい思いと、カエデ相手に今度は関係したい思いとで先日と同じところに来ていた。

お内儀を相手に寸前までいきながら、結局ツルにそこまでのつもりもなくて、女のからだを知るところまではいかなかった。新造の頭のなかには非現実的な妄想が立ち込めていて、こんな悪天候の日にわざわざカエデがやってくるかどうかという簡単な自問に対しても答えが出せず、むしろ、この激しい風雨の中で荒々しく抱き合うふたりの姿を想像しては、臍の下を膨らませていた。

だが、またしてもカエデの姿はなく笛の音も聞こえてこない。この日で四回目だ。同じことが四回も繰り返されると、一方的に相手が悪いという気持ちになりがちだ。新造の場合も例外ではなかった。カエデが来ないのは別に約束していたわけでもないから仕方がない。新造は勝手に待ち続け、勝手にいら立っていた。半時経っても、草木が強風に揺れるのみで人の気配はしない。仕事をものも言わず片付け、家にあった金を適当につかむと慌てて駆け付けた。カエデと交われるなら、あとで折檻されようが構わないと思って来たのにと、新造は思った。この種の不愉快は我慢する以外にないのだが……。

そのうち風がだんだん湿っぽくなってきた。ひと雨降りそうだなと感じたとき、後ろで女の声がした。

「小僧、忍びか？」

敵と勘違いした新造は、後ろを振り返りざま、懐に忍ばせた短刀をつかむと、やみくもに振り回した。それでも、女の方は一歩も引かずに、ひょいひょいとよけている。息が上がってきたのは新造の方だった。

（なるほど、こいつだな。確かに駒次郎によく似てる。しかし、なんという神経してやがる。

危なっかしい小僧だ)

新造の顔を穴が開くほど見つめながら、女は思った。

新造は無我夢中だったが、女の顔を見ると、攻撃をやめた。カエデのような気がしたのだ。かすかに目のあたりが似ているのと、どちらも童顔であったため、カエデと勘違いしている。

重ねて二度も間違えるとは新造らしい。

「なんだ。カエデじゃないか。脅かすなよ。ずいぶん待ったぞ」

が、女は気配を消しながらも一見無防備に突っ立ったままだった。

「この前は悪かったな。でも、楽しかった。ちょうど、また逢いたいと思って、待っていたところだよ。また、あんたの裸を見せてほしくて」

そう言うと親しげに女に接吻を試みようとした。いっぽう、女の方はこう思っていた。

(この馬鹿は、私とカエデとを完璧にまちがってる。もう一度、裸を見せてほしいと言っていたな。こいつら、いったい何をやってたんだ。以前カエデが話してた新造ってやつにまちがいなさそうだ。うっ、唇近づけてきた、なんて馬鹿なんだ、こいつ……)

「何をするか!」

女は新造を張り倒した。

「あ痛ァ、……お前の方こそ何のつもりだ。ぶっ殺すぞ」新造はまだ苛つきが収まっていないようだ。

彼はこのときまで、この女がカエデだと思い込んでいた。ただ、この女、カエデよりも明らかに気性が荒かった。

「忍びかと聞いているだけだ」

（カエデじゃない！）

新造はようやく気がついた。

（カエデでなかったとすると、カエデの姉というのはひょっとして……くそっ、恥ずかしいことを言ってしまった）

女はそのたたずまいから、相当に腕の立つ忍びのようだった。女がその気なら新造は間違いなく殺られていたところだ。が、このときはそれほど好戦的でもなさそうだった。

あらためて女の顔かたちを見てみた。女はほっそりしていたが、いかにも鍛えられたからだをしていた。髪を短く束ね、睫毛《まつげ》が長いせいか目が実際より大きく見える。眉は太くはないが濃く、意志の強さを物語っているようだ。日焼けした小柄な女である。よほど暑さが苦手なのか、浴衣を肩先からバッサリ切り落としたうえに、膝の上あたりで内側に折り返して縫い付けたものを着て脚絆《きゃはん》を巻いていた。乳も太腿も見えそうだが、頓着する様子はない。ずいぶん風変わりな恰好だ。しかし、妙によく似合っている。カエデとは髪の長さと上背がほんの僅か違うようだし、よく笑うわけでもないのだろう。小鰍はまだ見当たらないけれども、目元がクリッとしているところは、カエデとよく似ている。つまり、「コマジロウ」にそっくりな男と、カエデにまあまあ似た女とが出会ったというわけだ。

新造は女の問いかけを思い出した。

「ああ、この辺の者はみな忍びだ」

「カエデを知ってるらしいな。私がカエデの姉だ」

先刻からの女の高飛車な口の利き方に新造はいらいらしていた。しかし、それは女とて同様で、年下の小僧に「おまえ」呼ばわりされて、気持ちのいいわけがない。

「甲賀に女の忍びはほとんどおらんぞ。お前、伊賀者か？」

「いかにも」

「お前、カエデに似てるから調子狂ったぜ」

(似てはいるが見間違えるほどじゃないはずだ。それに比べてこいつは駒次郎の生き写しではないか！)

「私とカエデとを見間違うのは、お前くらいのもんだ。そういうお前こそ、駒次郎と申す者にそっくりじゃ。お前か。新造というガキは？」

「ガキだと？　ふざけやがって。何でお前がワシのこと知ってるんだ」

「カエデから聞いたにきまってるじゃないか。おまえ、相当いやらしいそうじゃの。カエデの裸をこっそり覗いていたそうじゃないか。そうかと思えば、勝手にフリチンになってみたり……。もう、かなわんなあ、こんなやつ。私にも唇近づけてきてたし」

「うるさい。カエデの奴も口が軽いな」

「誰でも黙っておれんだろう、こんなにオモロイ話がほかにあるか」

「ワシは伊賀者が嫌いなんだ。伊賀者がこんなとこでいったい何してる？」

新造は大急ぎで話題を変えたかった。これ以上、この女に冷やかされたくはない。

「何してるとはごあいさつだな。カエデから、お前に笛を吹いてやってくれと頼まれたのさ。それだけでは不足か？　お前と違って裸を見る趣味はないもんでな。お前がどうしても見せたいというのなら、お前の自慢のフリチンを拝見しても構わぬが。ふん、ガキの金玉見たってしかたねえか」

女の一言一言に皮肉が込められている。新造は何でもいいから女を困らせてみたい衝動にかられた。

「ひょっとしたら、お前、伊賀を抜けてきたんじゃないのか？」

新造は声を潜めた。

「はあ？　ずいぶん古臭いこと言う奴だ。甲賀ではまだ抜け忍ごっこなどやっておるとは。それとも、滝川や中村の影響か知らんが、甲賀の方こそ抜け忍が大流行りではないのか。抜けた奴ほど出世しておるからな。伊賀の者が抜けたって、もう誰も追っては来ぬわ。今、伊賀がどんな状態か、わかってないみたいだな、このクソガキは」

「やっぱり怪しい。近づくな、この抜け忍め。人を巻き込むなと言ってるんだ」

「いまどき抜け忍をとやかく言うような間の抜けた奴など、伊賀にはもうおらんと言うておるのだ。なんと物わかりの悪い奴だ。甲賀は太平楽で、結構なことだな」

女は努めて冷静にしていたが、急に怒りが込み上げてきたようだった。

「ええい、畜生め。このクソガキのおかげで、要らぬことを思い出してしまった。私たち伊賀の者は、お前ら甲賀の者どもから煮え湯飲まされたことを生涯忘れはせぬ。たとえお前みたいなガキでも、肋骨の二、三本へし折るか、両の目ん玉引き抜いてやりたいくらいだ。それでも甲賀には恩になった人もいる。それで我慢してるというわけよ。だから、お前のようなペエペエが私をあんまり怒らせるな」

女が言ったのは、天正六年から九年にかけておこった天正伊賀の乱のことだ。源八郎と作造の話とはまるで受け止め方が違っている。

「何をそんなに怒っておるんか知らんけどな。お前が抜け忍として怪しいのも事実だ」

「お前、織田との戦で甲賀が伊賀を裏切ったという話を本当に知らんのか。この大馬鹿にはっける薬もない。とっとと失せろ。ほんとに腹立ってきた。私は世間さえ捨てた女や。手加減を知らんさかい、そのつもりでおれよ」

「寝ぼけたこと言うな。いくら伊賀の近くだといっても、ここは甲賀。なんでワシが消えなきゃならん。ここでお前を始末しても、ワシは捕まらん。ところがお前はどうだ。ワシに指一本でも触れてみろ。甲賀の仲間があっという間にお前を取り囲んで、運が良くても磔《はりつけ》だ」

「わかった、わかった。では、さらばじゃ。達者でな……フリチン殿」

最後の一言に新造の怒りが爆発した。カエデの忠告も見事に忘れていた。女の方は、一言二言話した段階で、カエデの洞察に誤りがないのを認め、以後徹底してこの新造とかいうど素人をからかってやることに決めていたのだ。

(カエデが言うていたとおり、顔は駒やんにそっくりなのに性格悪過ぎやわ)

流石に伊賀の乱に話が及んだ時には、思わずかっとなった。いくら不名誉のあまり子や孫に対して伝えていくことが憚《はばか》られたとはいえ、後世に何の教訓も残そうとしない甲賀の忍びのみっともなさに、吐き気さえ覚えたのであった。同じことは伊賀忍びにも言えた。こういう話は、新造のような三文忍びといくら話していたところで、らちがあかないことぐらい、わかりきっていた。つまり、女は新造に怒っていたのではなく、甲賀の忍びの指導者層、および伊賀の忍びを指導した上忍三家に対して、彼らがいまだに一子相伝も許さじと言い続けて、伊賀の乱すら俎上《そじょう》に載せていなかったという、そのかったるさ、その緊張感のなさ、その古色蒼然たる姿勢に批判的だったのだ。なぜなら、それらすべてが結実したものが、何も知らないまま短刀に手をかけている、新造というひとりの少年だったからだ。

女は新造とやり合っているのがだんだんと面倒になってきて、油日岳《あぶらひだけ》を越えて柘植《つげ》の方に抜けようと新造に背を向けたそのときだった。突然、新造が斬りかかった。女がふり向きざま肘を新造の顎の先端に当てると、短刀がその手を離れ、ススキの草むらの中に消えた。と同時に、白目をむいて新造が倒れた。

すべてが一瞬の出来事で、何が起こったか新造自身がわからないまま、失神していた。だが、薄れゆく記憶の片隅で、うっかり女が口にした独り言を新造は聞き取った。そして、長い間忘れていたのだった。

「短刀は斬るもんやない。突くもんや。そんなことも知らんで、ようやるで。こいつ、生意気言わんとじっとしてたら、駒やんみたいでかわいいのに。さあ、駒次郎にどんな格好をさせたろうかな」

やがて風はやみ、霧のような細かい雨がふたりを濡らしてとおり過ぎた。

烈しい頭痛がした。目覚めてみると上に地面が、下に大きな虹のかかった空が広がっている！

「やっと目を覚ましおったか」

女の声が頭上、つまり地面の方から聞こえてきた。

「どうだ、気持ちいいか。あっはっは」

女の上機嫌な様子がうかがえた。しかし、新造にはまだ状況が呑み込めない。

「逆さ吊りしてやったわ」

（どうりでものがあべこべに見えるはずや）

「くそたれが。元に戻せ」

「お前なあ、少しは反省してるのか」

「馬鹿言え。反省するのはお前の方だ」

「それは悪かったな、はっはっは」

「いつかやり返したるぞ。早よう放せ」

「ああ、おかしくて腹が痛くなってくるわ、はっはっは」

「はなせーっ！」

「その格好で何を叫んでも、おもしろいだけだぞ」

「いいからはなせーっ！」

「フリチンを曝して威勢のいいことだな。はっはっは」

「えっ?」

新造は自分がフンドシすら着けていない素っ裸で吊るされていたことに、そのとき初めて気がついた。

(ちくしょう)

「ほれ、口惜しいか。そんな、毛も生えてないような、小さなちんぽこの童貞小僧が『ぶっ殺す』やて? はっはっは……」

新造は、急に黙り込む羽目になってしまった。

「お前、いまごろ反省してどうするつもりだ。遅いわ。それなら大きい声で、『ごめんなさい』と言うてみよ」

女は言いたい放題である。

「ほれ、どうした、『フンドシをはかせてください』と言うてみよ。あっはっは」

女に好き放題言われて、口惜しさと頼りなさがいちどにこみ上げてきた。

「『フンドシをはかせてください』と早く言わぬか……」

新造は長い間黙りこんだ。女も笑うのをやめて、新造をにらみつけた。やがて新造は、その突き刺すような視線に耐えられなくなった。その視線は間違いなく新造の目に向けられていた。

この女が誰かをにらむというそのことだけで人をひとり殺せるのではないかと思わせるほど、

厳しい視線であった。その視線は、やがて、新造の頭のてっぺんから足のつま先まで舐め回すような奇怪な目つきに変わっていった。

新造は、「もう赦してくださーい」と、それだけ言うと、今度は火がついたように大声で泣きはじめた。同時にちょろちょろと小便が腰を、腹を、胸を伝って首筋を流れ、そのうちあるものは目や耳を濡らし、あるものは鼻や口をひたして、最後は髪の毛からしたたり落ちた。新造にとって、これ以上の恥辱はもう考えられなかった。

女は逆にびっくりして、慌てて樹によじ登り、慎重に縄をほどくと、ゆっくりと新造を地上に降ろした。そして手足を縛っていた縄を全部ほどいた。フンドシをはかせ着物を着せても、泣き止まない。仕方なく、女は池のあるところまで連れて行った。その間も会話ひとつすることもない。今度は女の方が反省していた。

別れ際に後ろから女が叫んだ。新造は振り返りもせず、聞くともなしにその声を聞いた。

「私はアキ。ゴメンな。また、会ってくれないか。お願いだ」

アキのその声を背中で受けつつ、新造は歩いた。頭が混乱していた。

（すっかり調子に乗って言ってしまった「ぶっ殺す」のひとことが、もめごとの原因なのだろうか。それとも女と侮《あなど》った態度がいけなかったのか。目上の者に対して失礼が過ぎたのだろうか、確か、ワシが接吻しようとして……ああ、バカなことを考えたもんだ、こんな目にあうの

はもうたくさんだ）

　下腹部が冷えて、何度も小便を漏らしては身震いを繰り返した。新造は涙と鼻水で顔中ぐしゃぐしゃにしながら、いちども後ろを振り返ることなく歩き続けた。新造の胸の内は、一様ではない。早く家に帰りついて日常を取り戻し、一刻でも早くこの忌まわしいできごとを記憶の外に葬り去りたいという思い。また一方では、自分のこのぶざまな姿を親や姉たちの目に晒したくはない、できることならこのまま歩き続けていたいという思い。さらにはツルの発した言葉……さまざまな思いに身が引きちぎられそうだった。

　夕闇が近くなったころ、遠くに我が家が見えてきた。暗くてよくわからないが、姉のシズが庭で何かしている。さらに近づくとわかってきた。武造相手に相撲を取っているのだ。その光景が目に入った瞬間、先日作造に叱られた理由がわかったような気がした。

「兄やん」

　相撲で嫌というほど投げられていた武造が、新造に救いを求めるように走って来た。が、途中で立ち止まると、またシズのもとへ引き返して、こう耳打ちした。

「あのな。お兄ちゃん、おしっこ臭い」

　シズは新造を見て、

「どしたん」

新造が長い間黙っているので、シズはもう一度聞いた。

「どしたんか」

新造はわけを話した。

「あんた、馬鹿じゃない。ほんとに恥ずかしい。こっちに来なさい。相撲の稽古をつけるから」

シズにはバネのような体躯に天性の集中力と反射神経とが備わっていたから、相撲ひとつにしろやたらに強い。作造やユキもその実力には舌を巻いていた。最近は武造の訓練に余念がないが、新造とていいように投げられるだけであった。武造の「兄やん、がんばれ」の声もだんだんと空しいものになっていった。

そして、シズにはもうひとつの才能があった。それは、その技術を的確に人に教えることができるという、いわば指導者としての能力である。この点ではユキは全くシズに及ばなかった。その点で肝心の新造にやる気が見られず、折角のシズの才能も宝のもちぐされになっているところが、作造にとって頭痛の種であった。

「もう勘弁して」

「阿呆ぬかすな。私の気が済まんわ」

珍しくシズの怒号が飛んだ
「弱いなあ」

しかし、それでもシズは冷静に分析していた。シズの分析はつねに具体的であった。それによれば新造の欠点は、はじめから無駄な力が入りすぎていた。その点を指摘すると確かに技にキレが出て、だいぶん良くなった。

新造がシズから解放されたころ、あたりはすでに真っ暗であった。

その晩、新造はユキからも手厳しく説教を受けた挙句、三か月の謹慎が命じられた。これにはさすがに懲りた新造だったが、羞恥と厳しさの三か月が過ぎてみると、再び油日岳の一角に足が向いていた。三か月の謹慎といっても、ぼうっとしていたわけでは勿論ない。厳しい竹刀稽古に竹刀の素振り、基礎体力をつけるための山走、薪割り、柔術の乱取り、拳法の型および組手、木登り、穴掘りなどの身体的訓練を中心に内容が組まれていたため、謹慎前と比べると身体が締まり、がっちりしていた。

＊

それは陽の光が肌に心地よい、暖かな、それでいて風の冷たい日であった。と、いつの間にか新造のとなりを女が並ぶように歩いていた。三か月前に出会った女、アキに違いなかった。

「ワシ、三か月の間、謹慎させられてた」

するとアキはけらけらと笑った。

「新造、お前ほんとうはおもしろい奴だね」

　ふたりとも互いに相手の機嫌がいいことを知ってほっとしていた。事実、両者とも前回とは別人のようだった。アキは立ち止まり、帯の間から篠笛を取り出して、鮮やかに吹いてみせた。

「うまいもんだ。アキも笛を吹くんだったね」

「ああ。私ら小さいときから大人とばかり話してたから、近所の子どもたちは怖がっていた。うちらのこと遠目で見るだけで、誰も遊ぼうとしない。仕方ないからカエデと笛ばかり吹いてたよ。この笛だって自分で作ったんだ」

「えっ、ほんと？」

　会話が弾めば弾むほど、新造はアキに関心を持ち始めていた。そして、それはアキも同じだった。今となっては、なぜ喧嘩になったのかさっぱりわからなかった。新造は早くも相手をひとりの女として見ていて、彼女が発する一言一言に心が揺さぶられた。

「ほんとだよ。ただ、笛つくりを始めたのも大層な理由はなくてね。単にお金がなかったから。そう考えたら、貧乏も悪いばかりじゃないよね」

「お金がなかったから、笛を吹くのも作るのも、うまくなったというわけか。それにしてもずいぶん変わった曲だったなあ」

「聖歌という曲のひとつだよ。伴天連《バテレン》から教えてもらった。ふつうは笛一本じゃ演奏しない。

合唱の人とか、オルガンという楽器の人とかと一緒にやるんだ」

「アキは音楽の話になると、たちまち顔がいきいきとしてくるんだね」

「そうかな。……あ、そうだ。いつかミサに来てみない？」

「ミサて、だれや？」

「人の名前じゃない。まあ、寄合みたいなもんさ。そこで、お話聞いたり、聖歌を歌ったりするんだ。とにかく素敵だよ。一度来てみたらわかるさ。私ね、早く新造といっしょにミサに行って、心をきれいに洗ってしまいたいんだ。そんなふうには思わない？」

「心を洗うってどういうこと？」

「だから、自分の心の中の弱いところやダメなところを悔い改めるの……。たとえばこのまえみたいに新造を逆さ吊りしたような私の邪悪な心をもっと美しいものにするの」

「よくわからないよ。それのどこが楽しいわけ？」

「楽しいというより自分が好きになれるのよ」

「なるほどな。ただ、稲刈りが済んだらな、もうしばらく武芸と忍びの術の修業に明け暮れようかと思ってるんだ。それも、二年くらいは家にこもって一心不乱にやろうかと思ていたところやねん。ちょうど謹慎していてからだ鍛えてたから、弾みがついたところやったし……。ワシもアキのように強くなりたい思てたから」

「あら、ちょっと待って。それはそれで素敵な計画じゃない。そうか。何か手伝ってやれることないかなぁ」

そう言うと、アキは近くの草むらに寝転んだ。腕枕をして空を見上げ、しばらく考えごとを始めた。新造としては、アキにも何かしら教えてほしかった。

「新造、私のことどう思ってる？」

「まだ少し怖いけど、だんだん好きになってきた」

「こわがらないで。もう、やさしくするから」

「わかった」

「それで？」

「毎日会いたい。楽しいことをいっぱいしたい」

アキは新造の手を取り、自分の方に引き寄せると、新造もアキの横に寝転んだ。アキは新造を抱きしめて言った。

「私も好きだよ。私も毎日会いたいし、いろんなことを一緒にやってみたい。だけど……」

「だけど？」

「そんなんじゃだめだ、やっぱり。どうせやるなら、しばらくは、私とも逢わない方がいい」

「ええっ。そこまでしなくっても……」

「そこまでは必要だよ。でないと意味がない」

「さみしくなるな」

「そりゃ私だって。でも、新造には強くなってほしいからね」

新造は、ただ「ごめんな」と言った。

「大げさに言わないで。そんなことやったら、ミサに行くのを遅らせればいいだけだから。でも、先の長い話やな。……じゃあ、こうしよう。二年たっても三年たっても心変わりしてなかったら連絡を取り合うようにしよう。三年たっても連絡が無かったら、その時は諦めような」

「諦めるときが来るなんて考えたくない」

「それくらい集中して、覚悟を固めてやらなあかんという話や」

「ワシには厳しすぎる世界や」

「新造ならやれるで。私が付いてるもん」

「アキと一緒に修行したかったな」

「それは無理や。頑張るしかないで」

しかし、アキはこのときすでに決心していた。

(私は、この人を四年待とう。四年待ってもダメやったら、すっぱり諦めよう)

新造はアキを抱きしめた。アキも新造を抱き返した。互いのからだの温かさが心地よかった。

アキは新造の唇に唇を重ねた。すると新造は舌を入れてきた。

(相変わらずマセたガキだ)とあきれつつも、それを受け止め、アキの方も舌を挿入した。その抱擁は自然と激しさを増してきた。思わず、新造の手がアキの胸に伸びようとしたとき、その手をとどめてアキが言った。

「ちょっと待って。忘れないうちに爺様を紹介しとかないと。ちょっとついてきて」

ふたりは、池の周囲にある小径をたどらずに、対岸まで泳いで渡ることにした。そのままの格好でざんぶと池に飛び込み十間余りを泳いで渡った。対岸の畔近くから、辺りを埋め尽くした竹林を過ぎると、広々とした草原に出る。さらに、しばらく歩いたのち、アキは立ち止まった。

そこには、一本だけ大きなクスノキがあった。新造が吊るされていた木ではなく、もっと大きかった。その向こう側は鬱蒼とした藪になっていて、人が出入りするのは無理な状態だ。クスノキは樹齢七百年くらいにはなろうかと思われる巨木で、一種の風格が備わっていた。その木を改めて注視してみると、何かしら懐かしさのようなものが漂っている。

「うちが新造に紹介したかったんはこの木や」

「木を紹介するて、どういうこと?」

「この木には魂が宿ってるんやで」

「はあ？」

「こうやってな、一所懸命爺様に向けて気を集中させると、心の中にある言葉がふわりと浮かぶわ。それが爺様《じさま》の言葉や」

「ええっ、なんやそれ？」

「嘘じゃないで。信じへんのなら、それでもいいけど」

「爺様ていうの？」

「それは、ただ、うちがそう呼んでるだけや」

「へえ、なんか知らんけど、すごい話や」

「慣れてきたら、爺様の方から次々に言うてきよるで。私は爺様にずいぶん助けてもろうた。新造も助けてもらうときがきっとあるで。このことは誰にも言うてない。カエデかて知らへん。新造にだけ教えたるわ」

「どうしてワシだけに？」

「それは……、お前のことが好きやからや」

新造はどぎまぎして、再び話を変えた。

「爺様ってすごいなあ。ワシにも何か語ってくれるかな」

だが、アキには新造が顔を赤らめているのがわかって可笑しかった。

「試してみたらええがな。根気よくな」

新造には、アキの優しさが身に染みた。そして、ツルにしろアキにしろ、生き方が悲しいくらいに美しいと思った。生き方を意識したのは、このふたりと出会ってからだった。いよいよ新しい自分になれるのか。ツルの言っていた誇りのある人間に……。

しかし、新造には早とちりがあった。この三か月あまりで、彼は確かに一皮むけた。だが、それは始まりにすぎない。それが生活と結びつき、日常の隅々にまでしみとおるまでには、何年もの歳月と志の高さが必要であった。

ただ、このとき、新造は人を尊敬するということを覚えていた。カエデに対しては、感じなかったことだ。それは新鮮な経験だった。自分もおとなになったような気がした。そのとき、新造の心にふわりとある言葉が浮かんだ。

(人に出会うとは、そういうことだ)

「うわっ、ほんまや。言葉出しよった」

「爺様の言葉は大事にせんとあかん。そんな気がする」

「大切にする、神様の声みたいやもん」

「うちにはご先祖様のように思えるわ」

「なるほど、それで爺様というわけか」

「そういうこっちゃ。ところで新造、さっき池を渡って、着物濡れたまんまやろ？　脱いでそこに干してたらええわ。じゃないと、風邪ひくで。着物も破れてしまうし。私はそうするで」

「えっ？」

「ふふ……、私のからだ、見たい？」

新造は顔を赤らめ、思わず目を伏せた。アキはこちらを向いたまま、気後れすることもなく、さっさと帯を解き、上下を短くした浴衣を取っていく。ひとつ脱ぐたびに新造に向かってにこりと微笑みかける。その仕草がとてもかわいい。三か月前に出会った、あの皮肉ばかり言っていた、女の忍びと同一人物とはどうしても信じられなかった。

まさか晒《さらし》まではと思っていたが、アキの方は満面の笑みで、晒を解いていく。晒を外すと、腕の隙間から、かわいい乳が見え隠れしている。アキは小さな声で、

「触ってみてもかまへんで」

と、両方の乳を近づけてきた。そこには十分鍛えられた腹筋の上に、それぞれの掌でちょうど隠してしまえるくらいの胸の膨らみがあった。新造は右手でアキの左の胸に触れると、乳首に唇を近づけ息を吹きかけた。

「くわえてごらん」

新造はアキの乳の下の方から上に向って唇を這わせていった。途中、乳首を舌先で上下左右

に動かしながら、唇で乳首を吸った。そして、そのまま鎖骨のくぼみへ、さらに首筋へと這い上がっていった。新造はアキの乳房に手をやり、やさしく揉むとアキは「あ……」と反応した。

晒の下には赤いフンドシをつけていたが、それにまで指をかけている。

「新造も脱ぎいな。新造が脱がへんのやったら、私も脱がへん」

新造もあわてて脱ぎ始めた。アキには芝居小屋の客の前で裸を見せていた経験があり、年下の少年の目を引き付けることなど造作もなかった。もうほとんどほどけている紐。だが赤フンドシはアキの腰からなかなか離れない。前垂れの部分がひらりひらりとめくれるたびに、新造はどきどきした。こうして少しずつ赤フンドシは下のほうにずれていった。もうすぐ落ちるという刹那《せつな》、アキの手がするりと伸びて、その赤い布切れをつかむと新造の頭上に放り上げたのだった。アキは晴れ晴れとした笑顔さえ浮かべて一糸まとわぬ姿を新造の前に曝して立っていた。いくぶんか痩せた、まぶしい裸体がこちらに向けられている。

新造が臍から下に視線を落とすと、わずかな黒い茂みが水に濡れて、日の当たらない部分の白い肌に貼りついていて、余計よじれが目立っていやらしく見えた。

（アキはいつごろ毛が生えてきたのだろうか。あんなに強いのに生えていないときもあったのか）新造はドキドキしながら、そんなことを思うと、そそり立ってくるのだった。

「私も新造の裸が早く見たいな」

新造もフンドシを取り、投げ上げた。二人とも素っ裸になってお互いを見つめあった。この三か月の間に、新造にもわずかに黒いものが生えてきている。それを見ると、アキは「まあ！いやらしい」と、アキはその言葉とは裏腹《うらはら》に驚きと喜びの入り混じった声を上げた。

そして、新造の顔の赤らみをかわいらしく感じて、アキはそこに手を伸ばした。ほんのちょっとさわっただけなのに、新造の小さな鉾《ほこ》はみるみる大きくなってきた。アキはその固くなったものをやさしく握って、上下に動かし始めた。

「ほら、気持ちいいだろ？」

新造はこっくりうなずくと、地面に横になり、ハアハアと息を荒くした。まもなくいき果てた新造は恥ずかしそうだった。

これがあの生意気な少年と同じとは思えない。その様子を見ていたアキの方も、乳を揉まれ続けたせいもあって、息が荒くなっている。とうとう自ら指を性器にあてて、果てていった。やがて冷えた肌と肌をぴたりと合わせて、ふたりはたがいのからだを確かめ合うように、長いあいだ密着しあっていた。新造はアキの毛をつまんで
「アキはいつごろ生えてきたんだい？」

「二年くらい前かな。カエデの方が早かった。私、今でもこんなに少ししか生えてこないんだ。だから今日見せるのにも勇気がいったよ」

確かに少ないといえば少ない。しかし、新造にとってそのことは少しも悪いことではなかった。

「ワシにはそこがいいところに思えるがなあ」

その言葉がよほど嬉しかったのだろう。アキは新造に近づき、力いっぱい抱きしめて、ありがとうと言って泣いた。

しばらくしてアキが素っ頓狂な声を上げた。

「そうや！　新造に笛を作ってあげよう」

それから着物が乾くまでの時間を利用して、竹を探しに行った。なにも身に着けていないので、それだけで冒険心が掻き立てられる。アキは、もう手慣れたものでちゃんと篠竹の茂っている場所を心得ていたから見つけるのは早かった。それでも炭焼きのおじさんに危うく見つかりそうになり、間一髪、竹藪の陰に隠れたりしたものだ。

ともあれ楽しい時間であった。そんなふたりには全く罪がなかった。ふたりは、明らかに恋に落ちていた。少なくとも、恋の予感があった。

このとき、アキ十五歳、新造十二歳。

＊

新造が家に帰ってみると、今日もシズが武造を相手に相撲を取っていた。

「シズ姉ちゃん、替わったろか」

新造の言葉に、シズは少し驚いた。

「ほう、めずらしいな。しかし、武坊はかつての武坊のようにはいかへんで」

「よっしゃ、わかった。姉ちゃん、行司やって」

「八卦よい、のこった」

シズが掛け声を出す。と、武造がものすごい勢いでぶつかってきた。新造は踏みとどまることができず、思わず尻もちをついた。強い、あの武坊がこんなに強くなっていようとは、思いもよらないことだった。

「武坊。強くなったなぁ」

新造は、口惜しさと照れくささを押し殺して、武造を称えた。

「シズ姉ちゃん、勝ったで」

武造は得意になっていた。

「ほんまやなあ」

シズも驚いている。

「よっしゃあ、もう一番や」と新造。

「八卦よい、のこった」

新造はまた突き飛ばされる。ということは、新造はたまたま負けたのではなく、負けるべくして負けたということを意味している。新造は一勝もできないのではないかと不安になってきた。三戦目は勝つには勝ったが、明らかに武造の手抜きだった。

結局この日は八番取って四勝四敗と星を分けた。

この結果は新造にとって屈辱であった。星の白黒以前に、たった七歳の弟を、五歳も年下の弟を相手に、稽古をつけてやる余裕などまるでなく、真剣な試合相撲になってしまったことが、まず衝撃であった。

しかし、ここまではまだよい。すでに息の上がった七歳児を相手にようよう引き分けにもっていった、その自分の浅ましさがやりきれなかった。しかも、武造が手加減していた疑いすらあるのだ。

なるほど、武造の相撲には無駄な力が感じられない。力の入れどきになると、集中して瞬時のうちに転換するだけのメリハリがあった。

（ワシはこんなに弱かったのか。アキのように強くなりたいという思いとは何だったのか。ああ、こんな自分が情けない。ほんのひとときでも大人になったような気がしていた自分は、何という阿呆だろうか）

この日から新造は心を入れ替えて、心身の鍛錬に努めた。そういう意味では、間違いなく一歩成長したといえるが、経験せねばならないことがまだ山ほどあった。

アキと新造とは爺様を伝言板にして互いの近況を連絡しあうことにしていた。

ある日、爺様のところに行くと、枝に手紙が結んであった。開くと確かにアキからではあったが、新造はひとめ見て驚いた。内容は「フエモソクテクルテクタラエンラクスルアキヨリシンゾサマエ」とデコボコな字で書かれてあるが、新造はこれを「笛、もうすぐできる。出来たら連絡する　アキより　新造様へ」と読んだ。

忍びの主な生業は暗殺などではなく諜報活動にある。もちろん暗殺などの依頼があればそれに従うが、戦国時代にもっとも需要があったのは諜報活動だった。その中心はやはり間諜である。そのため、なりすます相手が百姓であれば農業に関する知識が、武士やその奥方であればそれ相応の見識が求められる。以前、作造が連歌の勉強をしていたのも、実は、このような事情からであった。

このような理由で、忍びの子どもたちは、読み書きと算術は厳しく仕込まれた。まして伊賀は甲賀と異なり、女の忍びも公認であったからなおさらだ。

ところが意外なことに、アキの字はお世辞にも上手とは言えなかったし、文章も間違いだらけである。新造は紙を枝から外して懐に入れた。

アキに逢いたい。心底そう思った。しかし、ここで我慢せねば同じことの繰り返しになってしまう。新造としては、アキを尊敬すればこその辛抱であった。だから数年は武術の鍛錬などに努めることを決めている。

しかし、これは危険な冒険でもあった。こんなことからすれ違いが生じることは、古今東西枚挙にいとまがない。ただ、このときはアキに一日の長があった。彼女は二、三年ならばと、待つ意思を固めてくれていた。

新造は爺様の前で柏手を打った。まるで爺様に向かって、首尾よく頼むと言わんばかりである。目をつぶって合掌していると、アキのことからシズと武造のこと、そして伴源八郎とツルのことなどが思い出されるのであった。そして、会ったことも見たこともない秀吉公という人物、さらにアキがあの曲を教えてもらったという伴天連とは、どういう人物なのだろう。

そういうことを考えるうちに、新造はまどろみ始め、いつのまにか、それらの人物たちがひとかたまりになって、勝手に物語を展開し始めた。

こういう物語だった。

伴天連が歌を歌っている。すると、秀吉公の放った刺客が伴天連に襲いかかり殺してしまう。それを見ていた武造がシズにそのことを伝える。シズはアキと一緒に秀吉を退治しに出かけていく。しかし隙を突かれたシズとアキはあっけなく捕えられ磔にされようとしている。そこへ伴源八郎がやって来て素早くふたりを助け出し、三人で逃げようとするが、秀吉の家来たちが出口を抑えていて、容易には逃げられない。次第に三人は追い詰められていく。敵の放った矢がシズの膝をかすった。今度は石つぶてが源八郎の耳にあたって彼ははげしく出血し、倒れ込んだ。秀吉には沢山の家来がいる。いくら三人が剣の使い手であってもこれでは分が悪い。早く誰か助けに行けばいいのに、と新造は思った。武造が泣きながらやってきて「兄ちゃん、兄ちゃん。助けて」と訴えた。ところが、新造は足がすくんで助けに行けない。

誰かが篠笛を吹きはじめた。すると忽ちのうちにシズと源八郎とがケガから回復していく。新造は笛の主をアキとばかり思いこんでいたが、よく見るとそれはツルであった。それにしても寒いな。

そう思ったときに目が覚めた。気がついてみると、爺様の根元に伏せって寝ていた。

（いつの間に眠ってしもたんやろ）どうにも後味の悪い夢だと思った。

次の瞬間。背後でヒュンという音がしたかと思うと爺様の枝々が揺れた。四方手裏剣が一振り爺様の太い枝のひとつに深く刺さっている。手裏剣は、家に飾ってあるものを見たきりで、実物が飛んできたのは初めてだった。

振り向くと、見知らぬ男がふたりにやにやしながらこっちを見ている。忍びが仕事にあぶれるようになってから、いつかこういう瞬間がやってくるだろうと思ってはいた。だが、そのときに向けた心の準備は何ひとつ出来ていなかった。嫌な予感がした。ひょっとすると半時ののちには、自分は骸《むくろ》となってこの場所に転がっているかもしれない。心臓の鼓動が激しくなってきた。

しかし、反面では心臓が高鳴っているわりには、意外と平気な自分をも発見していた。それには、先ほど見た夢がどうも関係しているようだった。

新造は、救いを求める武造の必死の叫びに応えることができず、夢の中ではあるが、自分ながら情けない、悔しいという思いが胸に焼き付いていた。まさにそんなときに、この局面に出会ったのだ。

新造にしてみれば、これは復讐にも等しい。そういう伏線があらかじめ用意されていたとすると、それこそ爺様の霊力によるものと考えざるを得なかった。

「よう、小僧。退屈してへんか?」

「遊んでやるで」

はじめに声をかけてきたのは、色黒ででっぷり肥った坊主頭の男で、胸から刺青が見えている。年のころ四十代半ばくらいか。もうひとりは眉間に傷跡があり、痩せぎすで背が高く色白、髪ぼうぼうで眉を剃っているためか異様な雰囲気だ。

新造がまず考えたのは、逃げるということだった。これは決して間違ってはいない。危険を回避するための最も手っ取り早い方法だ。忍びは多くの場合、逃げて帰ることが優先されていた。しかし、周囲はかたや薮であり、人間が通るには一寸法師でもない限り無理な話であった。かたや広々とした草原である。男ふたりが立っているとはいえ、広い草原をたったふたりきりでカバーできるかといえば、可能性は五分。逃げられないこともなさそうだったが、新造はだんだんと戦ってみたくなっていた。

　すると爺様の言葉がまず心に浮かんだ。

(相手の心を読み解け。泥臭く攻め落とせ)

最初、新造には意味がわかりかねた。ところが、相手のにやついた表情が気に障ったため、その心を透かし見ると、余裕を演出しているだけだと気がついた。新造は、このハッタリに対して無表情を貫き、同じところを攻め続ければ、必ず相手が音を上げるという確信が持てた。そこから攻め口を見つけようと思った。それは突拍子もないもので、最高に泥臭い方法であった。

　新造が選択した方法は、オオカミになることだった！　相手の言葉には全く耳を貸さず、あわよくば相手ののど笛に食いついて、かみ殺した人肉を食らおうとしている危険なオオカミになろう。日本にも本州、四国、九州の広い範囲で、かつてはニホンオオカミが生息していた。二十世紀初頭に絶滅したが、からだが小さいわりには気が荒く、シカのほかに、人里に現れて馬などを襲っていたといわれる。

オオカミになったとすると、まずもって認識そのものが違ってくる。オオカミが相手にしているのは、敵ではなく獲物なのだ！

新造にとっては相手がニヤついていようがいまいが、獲物である以上は関係ない。本物のオオカミがおそらくするであろうやり方どおりに、口を開け舌を出して涎《よだれ》を垂らしながら低い唸り声をあげている。そして、獲物から一刻も目を離すことなく様子を窺いながら、足早に四つ足で辺りを行ったり来たりしている。

最初のうちニヤついていた男たちも、だんだん気味が悪くなってきて、いつのまにか真顔になっていた。

「何とか言うてみいや」

坊主頭が我慢できずに怒鳴った。

だが、オオカミは人間の言葉を解しないから、何の脅しにもならない。即座に新造は男の腹に脱兎のごとく体当たりをかまして、男に尻餅をつかせた。間髪を入れず耳に噛みつき、全体重をかけて耳を引っ張ると、耳からの出血により男の顔半分は血だらけとなった。もうひとりの方は完全に腰が引けていたが、意地を見せ、新造の脇腹を蹴飛ばした。新造が噛みついていた耳を離すと、男たちは逃げるようにひきあげていった。

ひとり残った新造は、呆然とした。彼らの手裏剣はすごい腕前だった。新造は爺様に刺さったままの手裏剣に手拭いを巻いて慎重に抜き取った。毒が塗られている形跡がないということは、殺すつもりはなかった、いや、明らかに故意に的を外しているから、怪我をさせる気もなかったのかもしれない。

(物盗りではないな。不気味な奴らだ。とにかくこの場から離れよう)

新造は地に耳をあてた。遠くで四、五人の足音がする。

(あぶねえ)

爺様に一礼すると、家に向かって疾走した。ふわりと爺様の言葉がまた心に浮かんできた。

(家族にも知らせろ)と。

帰り着くと、血だらけの顔をした新造を見て、シズは驚いていた。新造がことの仔細を話したところ、シズは「ちょっとお姉ちゃんに言うてみるわ」と言って出ていった。

その晩、家族で座敷に集まり円座になって座った。

「それじゃあ、ユキ、そろそろ始めよか」

作造のひとことで家族評議が始まった。ユキが要点をかいつまんで説明する。

「……ということや。新造、何か付け加えることないか？」

作造が、ちょっと待って、と言って意外なことを口にした。

「新造、お前、このことを皆で話し合おうと思うたのは、いい判断やで。こいつもそろそろ大人になりよるんかもしれん、とワシは思うた。まだまだ、子どものところは仰山あるけども、これからは大人扱いや。母さんもそれでええか？」

「新造、もう呑気にしてられへんで」

ミツが笑いながらもぴしゃりと言った。

新造は心の中で爺様に感謝した。

「よっしゃ。新造、も少し細かく話してみろ。ただ、お前の考えはあとで聞くから、まずはあったことだけ話せ」

新造は懐から手拭いで包んだ塊を取り出した。手拭いをほどくとなかから四方手裏剣がごとりと音を立て一振り出てきた。

「いきなりこれを打ってきたんや」

そう言って、手裏剣を父親に手渡した。それは手裏剣というよりも鉄の塊と呼びたくなるようなシロモノだった。作造はしばらくそれを観察すると、全員に回覧した。手裏剣といっても、家宝として飾ってある、服部半蔵ゆかりの手裏剣以外、見たことのある者はほとんどいない。見たことがあるのは作造とミツぐらいのものだ。ミツが珍しく手裏剣について講釈を始めた。

「ひところは、飛び道具として、もっている忍びもいるにはいたけどなあ、あまり実戦に向いてへんかってん。なんでかわかるか？　新造」

「まずは重いねん。鎖帷子《くさりかたびら》と同じや。三振りも持ってたら邪魔になって仕方ない。それに危ないねん。使う前にこっちがケガしたら洒落にもならん。毒を塗るなどもってのほかや。それに加えて、むちゃくちゃ高いて聞いたで」

「ほう、新造、あとは訓練と実践だけだな」

作造のひとことにみんな噴き出した。みんなから冷やかされて新造は恐縮した。

「今じゃあのとおりよ」

作造が付け加えると、一同、飾りとなってしまった手裏剣を見た。

ユキがいぶかった。

「相手は何がしたかったんやろ、手裏剣まで使って」

「あの手裏剣を打った奴は、相当な腕前だよ」

「それを追い払ったんだから、新造はやっぱりすごいわ」

「そのことから何がわかる？」

作造が今度はシズに聞いた。

「この手裏剣、刃が摩耗してるから、なかなか刺さらないと思う。それを刺したということは、きっとすごい腕前なんと違うやろか。新造のことも、ケガさせないように捕まえようとして失敗したんだと私は思う。手裏剣は、新造をびびらせるための小道具だったんじゃない」

「人さらいだったってこと？」とユキ。

先刻から皆の言うことを聞いていた作造は、新造に向かって、

「お前の考えを言うてみい」

「その手裏剣がワシの頭をかすめて飛んできよって樹の枝に刺さったんや。でっかいクスノキの枝が揺れよった。ワシの頭に当たっていたら、首ごと吹っ飛んでいきかねん思うたわ。それでもワシを殺らんかったんは、ワシを生け捕りにしたかったんやろ。仲間に入れるつもりやったのと思う。金目のもの何も持ってへんし、殺したって仕方ないやろ」

「シズと一緒ね。私もそうだと思う」

「まあ、そういう感じやな」

作造はめずらしく新造に好意的であったが、いきなり尋ねてきた。

「新造、アキて誰や？」

いつの間にか例の書き置きを広げてみている。

「うっ……」

新造は慌てた。アキのことは作造にはまだ伏せていたのだ。理由としてはっきりしたものはない。だが、このとき新造は自覚した。自分はアキを愛している。思い返せば、木の枝に素っ

裸で逆さ吊りされたときから、実はすでに気になる存在になっていたのかもしれない。

するとと、思いがけずユキが反応した。

「アキて、篠笛の上手なアキか？」

「ユキ姉ちゃん、知ってんの」

ユキは無言でうなずくと、ミツに語りかけた。

「母ちゃんも知ってるやろ。上柘植のアキやがな。笛の上手な姉妹がおったやんか。その姉ちゃんの方や」

「ああ、あの元気のええ子か。妹の方は知らんけど。あんたとひとつ違いやったかな」

「私よりひとつ下や」

「あんたら、よう喧嘩しよったなあ」

「あれは喧嘩とちがうで。訓練や。喧嘩やったら勝負になれへん」

「どっちが強い？」

「そら、アキちゃんに決まってるわ。もう七年くらい会うてへんなぁ。アキちゃんたちもお父ちゃんが雲隠れしたり、お母ちゃんが病気になったりして、苦労しはってん。そのころ神社や庄屋さんところの庭が私たちの学び舎やってんけど、お母ちゃんが教えてたんやで」

シズ以下の三人が驚くのを尻目に、ミツがそのあとを拾った。

「そうやで。私はそのころ、女の子にも読み書きを教えてほしいて伴さんのところから頼まれて、ツルさんと一緒に神社の庭で、女の子ばかり子どもを集めていろいろ教えていたもんや。アキちゃんは伊賀の人やったけどひとりくらいええやろ言うて教え始めたんやけどな。最初のころはそれは悪かったでぇ。周りに教えてくれる人もいてへんかったんやろ、読み書きも全然でけへんし、喧嘩はするし、大変やった。頑張り屋さんやったけど、家の事情でやめはったな」

ユキとミツのやり取りを聞いて、なぜアキが、字が下手で手紙の書き方もままならないのか、新造は合点がいった。そして、何の不自由もなく過ごしてきた自分が、むしろ恥ずかしかった。

ユキの友達と聞いて安心したのか、作造はそれ以上追及せず、話を元に戻した。

「それはそうと、さっきの続きやけどな、明日の寄合に持って行って村のもんと話しおうてみるわ。みなどう思うか聞かしてくれ。そいつらを迎え撃つか、探し出して先に勝負つけるか」

ユキが言うには

「どっちにせよ、迎え撃つ体制は常にでけてへんとあかんわな」

シズが続けて、

「かといって、待つばっかりいうのもしんどい。それにただ待っていたら、奴らに準備させるようなもんや。迎え撃つ体制を訓練したうえで、先に攻めていくべきやないかと思うけど」

「まずは相手の根城を押さえんと」とユキも同意した。

作造は、ほぼ自分が考えていたとおりの結論となったと思った。ユキもシズも忍びらしくなってきたものだ。作造とミツは子どもたちにこうやって考えさせたり、いろんな意見を聞かせる。これも訓練のひとつだったから、ある意味それで満足していた。

しかし、「ただ、ちょっと気になることがあるねん」というユキの話を聞いて作造は考え込んでしまう。

＊

その夜は特に寝苦しかった。そのうえ、新造を襲ったという相手のことが気になって、シズはなかなか寝付けなかった。いったん寝ることをあきらめて、襦袢姿のままで起きだし、庭に出てみた。風の強い夜である。雲が次々と流れ、月を隠したと思えば、こうこうと月光をこぼしたりしていた。

シズは敷地内の一角にある小屋に行ってみた。ここはいろいろな実験を行ったり、小道具を作ったりすることもできる、狭いが重宝な場所だ。ここで最近までシズは石礫を入れる袋をウサギの皮とニカワを使って作っていたのだ。

先ほどの話にもあったとおり、このころになると平型手裏剣を使うことはまずない。使うなら棒型手裏剣か、その辺に落ちている石ころで済ませる。平型手裏剣は非常に高価であるという経済的理由が、普及を阻害した最大の要因である。手裏剣を小道具と侮ってはいけない。安物の刀に比べたらはるかに値が張る高級品である。そもそも鉄自体が貴重品であったうえに、刀工泣かせの工程がいくつもあった。

シズは作造が服部半蔵から贈呈されたという三枚の四方手裏剣を手にした。

それから、柱に向かって手裏剣を打ってみた。三枚とも狙いとおりのところに刺さって小さく振動していた。しかし、相手が打ったというあの摩耗した手裏剣だけは、柱に刺さりもしない。柱からの距離が一間から二間しかないというのにである。新造の話では、昨日の相手は五間以上離れたところから打っていたらしい。

難しい相手だ。とてもではないが、新造にやられてしまうようなヤワな相手ではない。背筋に冷たいものを感じて、シズはいろいろな打ち方を試しながら、小半時ものあいだ、その摩耗した手裏剣を柱に向かって打ち、刺さらぬ手裏剣を拾ってはまた打つ、ということを繰り返した。結局一度として刺さらなかった。

シズは、水でも浴びて汗を流し、寝なおそうと思った。特に冷水摩擦をした後は、ぐっすり眠ることができる。

「ふう、暑いなあ」

彼女はため息をついて、小屋から出ると襦袢を脱いだ。素っ裸で庭を横切ると、井戸の前まで来た。風が素肌に心地よい。手探りだけで釣瓶《つるべ》を上げ下げして盥《たらい》に水を汲まなければならない。雲の切れ間から月光が注いできたとき、二つの瞳がすぐ近くから、こちらに向けられていることに気がついた。

(誰かいる)

シズは気づかぬふりをして、黒い影に近づいた。いきなり片腕を取り捻《ひね》りあげた。

「痛えっ。何すんねん」

「何者だ」

「ワシや、新造や」

「あんたこんなとこで何してんの?」

「水かかりに来たんやがな」

「こんな暗い夜に、なんか怪しいで。あ、わかった」

「何やの?」

「寝小便たれてもうたん、ちがうか?」

実際はツルやアキの恥ずかしい姿を思い出して、手淫に及んでいたため着物を汚してしまったのだ。寝巻が乾くまで待っていたところ、幸運にも一糸まとわぬ姉に遭遇したというわけだ。けれどもそこまで言う必要もない。

「黙っといてな」

「今日、大人として認めるて言われたばっかりや」

「そうやねん。だからこそ、秘密裏に処理したいがな」

「あっはっは……」

「しッ！　声大きいで」

「まあだ、子どもやな。お父ちゃんはな、あんたが自信持つように、わざとあんなこと言うてはんのや」

「まさか」

「ほんまや。あんたが武造に相撲で負けたいう話聞いてな、ずいぶん心配してはったで。あんたな、お父ちゃんに嫌われてる思うてるみたいやけどな、そんなことないで」

「そやけどお父ちゃんから殴られてたのワシだけやで」

「なんぼ親子でも抵抗でけん者を殴るいうのはあかん。私からも言うてみよ」

「もう殴るのやめた言うてたから、大丈夫や。でも、お姉ちゃんがそこまで言うてくれるなら、ワシな、これから変わるわ」

「それは楽しみやな」

「きっかけ掴んだような気ィしててん」

折から、雲が切れて月光が降り注いできた。

「シズ姉ちゃん、早速やけど、組手の練習しよう」

「今からか？　みんな起きてきよるぞ」

「静かにすればええがな」

「さすがにこの格好では気が引けるな」

「水浴びてるときに敵に襲われたらどうすんねん。着物着るまで待ってくださいて言うんか」

「そのときはそのときやがな」

「月光の下で、素っ裸の姉と弟が組手をするて、なんかワクワクするなあ。組手がダメなら相撲でもええで」

「ますますやりづらいな。まあ、ええわ」

「いくで、八卦ようい……のこったあっ！」

「新造、そんなにピターッとくっつかんでもええやん」

「相撲言うたらこんなもんやろ。そしたら、いくでえ」

「きゃっ、いま何か変なものが当たったで」

「外掛けや。技をかけてるんやで。ときにはワシのちんちんが当たることかてあるやろ。我慢しいな。ワシが強くなるためやがな」

「えっ、ちん……？　よりによって、そんな腰と腰とが合わさるような変な技をかけてこんでもええのに。それに……」

「それに、なんや？」

「あんたなあ、……」

「声が小さくて聞こえへん。はっきり言うてよ」

「だから、あそこが立ってるって」

「ワシは一向にかまへんけどなあ」

「私のほうが気になるねん」

「姉ちゃん、集中力が足らへんのと違う？」

「その前に、お前の集中力が足らへんから、あそこが立ってるんと違うんか」

「何を言うてるの？　ワシは集中してるで。だから勃起してるんやんか。やる気なかったら、あそこもフニャフニャやで」

「私には、男のからだのことはよくわからへんけど、新造の言うとおりかもしれんな。ごめん、あんたのことを変態みたいに言うてしもて」

「いや、わかってくれればそれでええねん」

（こいつ、何をとぼけやがって。よっしゃ、ぎゃふんと言わせたろ）

シズは新造のいきり立ったものを握って、上下にゆっくり動かし始めた。

「シズ姉ちゃん、これも相撲の技か？」

「もちろん、決まってるがな。ウナギだましという、私の得意とする技や。ほかにも尺八落としというのもあるで。おおっ！　あんたの集中力もすごいな」

新造はシズの顔を見た。月光に照らされたシズの表情は、眉根を寄せて上を向いていた。いつも男のようにしているシズが、今宵は狂おしく色っぽかった。

「ああっ」

シズのうめきを聞いた途端、新造は果ててしまった。ところが、まだまだシズは意気盛んだ。

「おや？　新造、少し集中力が切れてきたで。油断したらあかん。集中しなさい」

シズは再び新造のそれをさすり始めた。今度はシズの乳首にあてながらさすっているので、あっというまに再びいきり立った。しかし、二度続けてとなると刺激が強すぎて、じっとしていられない。

「新造、無駄な動きが多すぎやで」

「そんな言うたかて」

「腰がふらついてるで。しっかりせんかい」

「あっ」新造はまた果てた。今度はなかなか立ってこない。

「ずいぶん集中力なくなったなあ」

シズがあんまりゴシゴシやるもんで、新造は痛くなってきた。

「あいたた……」

その様子を少し離れたところからじっと見ている二つの目があった。作造だ。途中からミツも起きてきた。

「何をのぞいてるの？」

「のぞくて、お前、人聞きの悪いことを言うな。あの馬鹿どもが素っ裸で相撲をとってるねん」

「まあ、楽しそう！」

「え？」

「楽しそうやんか。あんたかて、おちんちん、こんなに硬くしてますやん」

ミツはいつの間にか作造のモノをつかんでいる。

「あれっ、ほんまやな」

「何が『あれっ』ですの、しらじらしい。さあて、私らも久しぶりにお相撲取りますか」

「どこでや」

「お布団の中に決まってますやろ、このいけず」

「わかった、わかったがな」

井戸端では相変わらず姉弟による相撲が繰り広げられていた。

*

翌日は惣村の寄合の日で、世帯主たちが村の神社に集まった。作造が昨日の件について仔細を説明する。

「その眉間に傷跡があるやつや。ワシの投げた石が当たりよったんや」

彼らの特徴のひとつとして左利きが多かったと孫七は言った。

「あいつら、忍び狩りが得意での。それは左利きが多いせいかも知れん」

「なるほど。忍び同士の戦闘になると、左利きが有利ということか」

武士の社会では左利きは「矯正」されることが多かったが、戦国の世、ことに忍びの間では実戦経験から左利きの有利さを感じていた。

おそらく新造は誘拐されようとしていたなどと、寄合で出る意見の内容は、どれも昨日の家族評議で聞いたものばかりであった。内心うんざりしながらも、そういう感情はおくびにも出さない。作造とはそういう男であった。

いかに戦うかという具合に話が前のめりになりがちななか、庄屋の亀八郎が疑問を呈した。

彼が言うには秀吉公が喧嘩《けんか》停止令《ちょうじれい》というお達しを出しており、それに抵触しないか確認するのが先だというのである。まさに昨夜ユキが最後に指摘した「気になること」と同じ意見だった。

結局、この日決まったことといえば、事実の報告と喧嘩停止令への対応、ならびに敵方の情報収集を確認することなど、問題点を羅列したにすぎなかった。

数日たって再度寄合が行われた。孫七が独自に、空き家になった百姓家に張り込んで調べた結果、それらしき人物がわかったという。しかも人相描きまで用意している。

今回の事件に関して、孫七の入れ込みようには作造も頭が下がる思いであった。おそらく、孫七としては、久々にめぐってきた忍びの仕事に、血が騒いだのであろう。

「まず人数は五人。坊主崩れと眉間に傷ある男、これはたぶん新造を襲った奴らや。坊主は源吾という、この辺りでは名の知れた盗賊頭や」

（あいつか）

作造は一瞬弥助と目が合った。弥助も同じような表情をしていたのがおかしかった。孫七の説明は続く。

「眉間に傷のある男が上杉家の忍び集団、伏齅《ふしかぎ》出身の手練れや。名は庄吉。いまは眉を剃っているせいか、ものすごい形相をしてるで。こんな連中と一戦交えるときには立ち合いの一突きが勝負や。どうせいろんなハッタリをかましてくるに決まってるから、最初に思い切りよく決めるつもりでおらんとあかん」

「孫七はん、そのへんの講釈は省いてもろうてかまへんからな。ほかの仲間は？」

作造がしびれを切らせて注意を促すと、参加者たちから失笑が漏れた。

「五人の内訳は、今のふたりのほかに、二本差しがひとり。若いのがふたり、ふたりとも左利きかも知れん。家はこの前までばあさんがひとりで住んでいた百姓家で、武器は手持ちだけ。家の中には石ころのひとつもない。酒飲んで五つ半ごろ帰ってきよった」

「なるほどな。二本差しが気になる。何者やろ」

孫七に言わせると、身なりもしっかりしていて、どこかのご家中ではなかろうかとのことである。

「孫七はん。その侍の素性調べてもらえんか」

「おお、わかった。それでじゃ、四、五日留守にするゆえ、誰か百姓の手伝いをお願いできんかの」

「もちろんじゃ、シズと新造を遣わそう」

孫七は独自の情報網を持っていた。今回もその侍が北山新之助という名の、かつて上杉に仕えた武士で、今は水口岡山城の城主として務める中村一氏《なかむらかずうじ》の家臣であることを突き止めた。中村一氏も滝川同様、元は甲賀武士であったとされている。孫七はそののち越後に赴いた。そのあいだ新造とシズは泊りがけで孫七宅に来ていた。

孫七は男三人女ひとりの四人兄妹、その三男坊にあたる。そもそも家督を相続する地位になかったのだが、幼少時に長兄、次兄とも相次いで流行り病に倒れ、玉突きで家督を相続していた。もともと百姓とも武士ともつかぬ程度の地侍であった。このたびの処分を受け、百姓への道を選択した者である。

家には妻のユメノが実弟夫婦と暮らしていたが、ユメノ自身、身重のため作造に支援を呼びかけたのである。

孫七の義弟、照太郎は物知りのみならず無類の話好きで、夜など月光の下で、家康の「伊賀越え」の話や「天正伊賀の乱」についての話をシズと新造にしてくれた。その内容は新造が知らないだけでシズは詳しい話を知っていたが、それでも熱心に聞いていた。

五日後に孫七が帰って来た。それによると、北山新之助は本名を桂梅五郎という腕利きの伏臲であり、若いころは忍び狩りの名人であったが、年齢を重ねてからは間諜稼業に活路を見出した様子であるとのこと。今回も中村の家臣として名を挙げているが、偽名を使っている点などから、あくまでも間諜であると考えられる。

これを聞いて作造は桂梅五郎という人物に会ってみたいと思った。年のころも近いうえに、父の最後の仕事になった間諜をやっている者とはいったいどういう人間なのか興味があった。

作造はまだ間諜というものをやったこともなければ父以外には見たこともない。

ところが、二、三日たって相手の方からやって来たのだ。作造たちが畑仕事に精を出しているところへ孫七が呼びに来た。

「おーい、作造さん。城から役人が来るそうじゃ。庄屋のところに集まってくれんか」

作造は手をやすめ、手ぬぐいで汗を拭きつつ孫七のところまで来た。

「役人が今頃何の用じゃ」

「それがな、例の北山が来るらしい。それで前もってお前さんの耳に入れといたほうがいいと庄屋が言うもんで知らせに来たんじゃが」

「北山が？」

「しかもひとりで来るそうだ」

「表向きの公務は何だ」

「庄屋が言うには、懲罰処分後の地域の状況についての聞き取りや、所領地の現場確認としか聞いておらんが、喧嘩停止令のこともあるし」

「念のため腕の立つ者をそろえておこう。うちからは娘ふたりを出す。あと弥助にも来てもらおうか」

「ならばワシが弥助を呼びに参ろう」

作造がユキとシズをつれて庄屋の家に行くと、孫七と弥助とがちょうど着いたばかりだった。

「わざわざ来てもらってすまんな。実は今朝方城から使いが来て、昼から北山新之助様というお役人が来るから調べに立ち会うように言ってきた。なに、立ち会うだけなら私ひとりで構わんのだが、相手が相手だけに皆にも知らせた方がよかろうし、先方も立ち会う人数は多いほうがよいと言うもんで声をかけたというわけじゃ。顔を見ておくだけでもいずれ役に立とうとは私が思ったところや」と、庄屋の亀八郎は経緯を説明した。

村中の手練れを集めてはみたものの、先方がどういう人間なのか推測の域を出ない。作造は問題点を整理してみた。

村の少年すなわち新造が盗賊一味に誘拐されそうになった。以前なら実力行使で問題の解決を図ったところだ。要は盗賊と一戦を交えるという、実に明快な解決方法だ。ところが近年、村同士民衆同士の武力による解決を禁止する旨のお触れが出ていたことが判明。相手方が本当に盗賊などの反社会的集団なのかも含めて、所司代預かりの格好になっている。一方、家中に盗賊の一味とみられる侍がいて、しかもこちらに乗り込んでくる、という話である。

どういうつもりなのか。相手なしでは作戦の立てようもない。作造は相手を見てからすべて判断するつもりでいる。

それから半時もたったころ、遠くから蹄の音が聞こえてきた。一瞬、緊張が走り、全員が身構えた。すかさず作造が諭す。

「みんな落ち着け。なにも今から一戦交えると決まったわけじゃない。皆には念のため来てもらっただけじゃ」

亀八郎と作造が表に出てみると、中年の侍が馬を引いてこちらに来るところであった。近くまでは馬に乗ってきたのだろうが、家に着く前に降りて引いてきたようである。馬上からものを言う不届き者でないことだけはわかった。

「こんにちは。北山です」と言うので、作造はずいぶん頭の低いことだなと驚いている。

「私も伊賀の出でして。昔、いろいろとお世話になった方も甲賀には多いから、仕事がやりにくくて仕方ありません」と自嘲気味に話す。知らない相手に向かって御託を並べても仕方あるまいになどと作造が思っていると、亀八郎が、

「庄屋の亀八郎と申します。失礼ですが、どこかでお会いしたことはありませんか」

北山が考えていると、ユキが出てきて、驚いた様子でこう言った。

「あのう、桂梅五郎さんと違いますか」

北山はしばらく怪訝《けげん》な様子でユキの顔を見ていたが、急に明るい表情になったかと思うと、

「ひょっとしてユキちゃんか？」

「やっぱり、そうやった。何をしてはったんですの」

「そんなことどうでもよろしがな。しかし、大きゅうなったもんやなあ。どこの姐さんかと思うたで」

「それこそ、どうでもええことやありませんか。ご存知でしたか、奥様亡くなりはったんですえ」

「風の便りに聞いてはいた。だが、私もそのころ生命を狙われておったもので帰るに帰れんかった。家族を巻き込むわけにもいかんでの」

「それでも知らんぷりはあんまりですわ」

「ふむ。ならばわけを話そう」

するといと亀八郎が、「北山様もここが忍びの村であることとくらいご存知ですやろ。甘く見んでほしいおすな。あなたがほんまは桂梅五郎さんという忍びやいうことぐらい、みんな知ってまっせ、はっはっは……」と、本気とも冗談とも取れることを言って肩をたたいた。

「ならば却って話が早ようござる」と、にこやかに応じて、客人は馬場に馬をつなぐと、ひとこと「失礼します」と言って家に上がった。彼は短い世間話をしたのち、改まって切り出した。

「ご指摘のとおり、拙者、実の名を桂梅五郎と申しまする。この場におられる方々、亀八郎殿、作造殿こと芥川作右衛門殿、孫七殿、弥助殿、ユキ殿、シズ殿、いずれの方も信頼できる御仁と伺っておりますれば、これより申し上げること、くれぐれも内外に対し内密にお願い申し上

料金受取人払郵便

新宿局承認

2524

差出有効期間
2025年3月
31日まで

（切手不要）

郵便はがき

160-8791

141

東京都新宿区新宿1－10－1

(株)文芸社

愛読者カード係 行

お名前《ふりがな》		明治 大正 昭和 平成 年生 歳	
ご住所《ふりがな》	□□□-□□□□		性別 男・女
お電話番号	（書籍ご注文の際に必要です）	ご職業	
E-mail			

ご購読雑誌（複数可）	ご購読新聞 新聞

最近読んでおもしろかった本や今後、とりあげてほしいテーマをお教えください。

ご自分の研究成果や経験、お考え等を出版してみたいというお気持ちはありますか。

ある　ない　内容・テーマ（　　　）

現在完成した作品をお持ちですか。

ある　ない　ジャンル・原稿量（　　　）

書　名					
お買上 書　店	都道 府県	市区 郡	書店名		書店
			ご購入日	年　　月　　日	

本書をどこでお知りになりましたか?

1.書店店頭　2.知人にすすめられて　3.インターネット(サイト名　　　　　　　　)

4.DMハガキ　5.広告、記事を見て(新聞、雑誌名　　　　　　　　)

上の質問に関連して、ご購入の決め手となったのは?

1.タイトル　2.著者　3.内容　4.カバーデザイン　5.帯

その他ご自由にお書きください。

(　　　　　　　　)

本書についてのご意見、ご感想をお聞かせください。

①内容について

②カバー、タイトル、帯について

弊社Webサイトからもご意見、ご感想をお寄せいただけます。

ご協力ありがとうございました。

※お寄せいただいたご意見、ご感想は新聞広告等で匿名にて使わせていただくことがあります。

※お客様の個人情報は、小社からの連絡のみに使用します。社外に提供することは一切ありません。

■書籍のご注文は、お近くの書店または、ブックサービス(☎0120-29-9625)、セブンネットショッピング(http://7net.omni7.jp/)にお申し込み下さい。

げまする」

どうやら、きょうここに来た理由は別のことであるようだ。

それにしても人の顔と名を一言一句過《あやま》たず語ったことは驚きであった。一流の間諜ならではの観察力だった。

亀八郎も北山新之助こと桂梅五郎がだれであるか、どうして自分には会った記憶があるのか、ぼちぼち思い出していた。

桂梅五郎とはアキたち三人の父親であった。それで、アキの盟友であったユキは梅五郎のこともまたよく知っていた。亀八郎はミツやツルがユキやアキたちに勉強を教えていたときに時々場所を提供していたことから、アキの父親とも何らかの接触があったものと思われる。梅五郎は作造の前まで来てすわり、語りかけた。

「ご無礼申し上げた。貴殿は半蔵殿と旧知であると聞いて参った次第。書状をお預かりしておりますが、まずは拙者の話をお聞きくだされ」

そう言って梅五郎は事情をひとつずつ明らかにしていった。

まず、孫七の調べあげたのと少し違っていて、越後の上杉の擁する忍び部隊伏齅に潜入し、間諜として活動していた伊賀の忍びであった。しかし、伊賀全体のために活動していたのではなく、越後の情報を半蔵のもとに伝えていた。そのころ、半蔵が徳川についているという噂があったのだが、それは本当だった。当然、情報を徳川に流していた。伊賀は当時から割れていたのだ。間諜として活動中に百地丹波がよこした伊賀の忍びを三人も殺《あや》めてしまった。もっともそれは越後の忍びを欺くためで致し方なかったが、さすがに伊賀に帰るのは困難となった。

いっぽう、百地丹波は梅五郎を反逆者とみなし、当時最強の伊賀者のひとりと言われた凄腕を四人目の刺客として送り込んできた。石川村の五右衛門という、その若者は天才の名をほしいままにしていた。梅五郎としては、若いうちならともかく、四十を過ぎた身には戦うのは荷が重かった。

梅五郎は、謙信が病死したのちの家督相続のどさくさに紛れて越後を抜け出し、甲賀に潜入していたというわけだ。その後、伏齅の忍びたちはひとりふたりと抜けていき、いまでは老いたものが三人ほど行く当てもなくときを持て余していた。

一方、庄吉は生粋の伏齅として活動していた。庄吉らと梅五郎とが特段に仲が良かったわけではなく、まして伊賀や甲賀で久しぶりに会ったからと言って、旧知を温めるほどの付き合いはもともとなかった。それが盃を共にしていたのは、梅五郎がアキのことで世話になっていることを言い訳にして源吾に接近を図り、情報を収集しようとしていたのだった。石川村の五右衛門は丹波に拾われるまで盗賊をしていたという情報があり、それで源吾に接近を図っていたらしい。しかし、源吾もそう易々とは口を割らぬ。何の情報も得られそうになかった。

今回、ここにやってきた理由に関して、懲罰処分後の動向を聞き取る調査のほか、所領地の現場確認、刀剣の所持状況についての調査など多岐にわたり、それはそれで事実であって中村一氏から命じられた表向きの仕事だった。

彼は服部半蔵の命を受けた徳川方の間諜でもあり、石田三成の殺害を引き受けているという、複雑な立場であった。すでに半蔵と家康との間には強い協力関係が出来上がっていた。これまでのように、自由な契約で依頼があれば内容や相手方に縛られずに業務を委託できるという伊賀の伝統的な方法では、忍びたちに未来はなく、やがて干されてしまうという読みが半蔵にはあったのだ。そのため、独自の家康寄り路線を敷いていた。これには同じ上忍三家の一角をなす実力者百地丹波が猛反対であった。半蔵は現実路線を走り、丹波は原則論を引きずった。しかし、ここに事件が起きる。丹波の若女房が五右衛門と駆け落ちしてしまったのだ。こうなっては、丹波の名も地に落ちたといってよい。一説によると、丹波が女房をわざと逃がしたともされるが、これも丹波が死んでおればの話である。むしろ丹波は織田側と和議を結んだという噂の方が説得力があった。

半蔵は梅五郎を呼びつけ、作造にあてた手紙を持たせていた。それには、梅五郎と協力のうえ三成暗殺に一肌脱いでほしいという内容の依頼が、暗号文で書かれている。もし、引き受けてくれたならば、暗殺成功の折には伊賀衆二百人分と甲賀衆百人分の旗本職を徳川幕府で用意するとある。ただし、暗殺が成功し、なおかつ徳川が天下を取ったならばと読まねばならない。梅五郎は引き受けている。彼にとっては伊賀に帰るために必要な土産であった。作造にとっても、正直なところ、半蔵の頼みとあれば、断れた義理ではなかった。しかし、せめてもうひとりほしいところだ。

「伊賀者をもうひとり出すならこの話に乗ろう」

こんな危険な仕事に見合うだけの実力者といえば伊賀中を探しても三人しかいない。上野の左衛門、楯岡の道順、そして上柘植のアキ。しかも、前二者では情報が洩れる心配があった。となると、やはりアキしかいないのだ。梅五郎に用意できる答えとしてもアキ以外考えられなかった。

思いもよらぬ方向に話が飛んで、一同は解散した。伊賀からもうひとりという要求に対して、答えを出すまで三日の猶予を梅五郎が申し出た。梅五郎がここを訪れた最大の理由が実はこれであった。

＊

アキは目を覚ました。隣に妹のカエデ、その向こうに弟の文三が小さな寝息を立てている。上柘植村の一角に姉弟三人で住んでいる。家だけは梅五郎が用意したもので、これが唯一父親らしい行いであった。

（誰かいる）

アキは呼吸を変えないように気をつけながら、せんべい布団の下に手を滑らせ、脇差を握ると気配をうかがう。目が闇に慣れてくると、アキの頭のすぐ先で、黒装束の男がひとり片膝を立てて座っているのがわかった。アキは寝たまま、相手の鼻先に脇差を突き出すと、ゆっくりと身を起こした。アキは、相手の顔から眼を離さず、

「カエデ！」

小さく鋭く叫ぶと、行燈に灯を入れさせた。パーッと光が男の顔を照らすと同時に男が笑い出した。

アキは脇差を下ろすと、

「やっぱりな、おかしい思うたんや」

「アキ、カエデでもええわ、酒はないかの」

カエデはしばらくきょとんとしていたが、

「とう、父さんか？　父さんやないの」

そう言うと、梅五郎に抱き着いた。アキがカエデに、あらためて父のために酒を出すように言った。アキは梅五郎に酌を差した。

「アキ、すっかり腕を上げたな」

「まだまだやで、けど、苦労だけはさせてもろうたわ」

「まあ、そう言うな」

「相変わらず、ええ加減やなあ。今何してんの?」

「北山新之助の名で水口岡山城主中村一氏のもとで働いておる」声をひそめて「徳川の間諜じゃ」と言い足した。梅五郎はあっさりしたものである。

「日銭稼ぎの忍びだけで食うていける時代じゃないでの」

「贅沢するからよ」

「まあ、それもあるがな。仕事も減った」

「徳川はあてになるの?」

「ああ。伊賀越えの恩を忘れていないようでな」

「いまどき恩だけで動く人間がいてるか?」

「まあ、ワシもひとつの考えに執着しているわけではない。いずれにせよ、今ワシの立場はそういう意味では便利じゃ。いろんな話が舞い込んでくるからの。その分、危ないことも多いが……」

梅五郎は盃を置くと腕組みをした。

「アキ、庄吉がお前の命を狙っておるようだ。あいつを甘く見ない方がいい。ああいう臆病な奴は何をしてくるかわからん」

「なんで、うちを狙うんかがわからへん」

「それはお前が駒次郎とかいう少年の復讐を画策していると思い込んでいるからだろう。それとお前のことが怖いからだ。先に殺っちまわないと安心できないということじゃろ」

「どうして駒次郎のことを？」

「源吾から聞き出した」

「なるほど」

「ところで、お前が耶蘇《ヤソ》教の影響を受けているというのはまことか」

「ああ。ある人の影響でな。父さんにも紹介したい思うてんねん。なあ、カエデ」

「うん。うちらなあ、そっちの手伝いをしてるんやで」

「フェルディナンド神父のか？」

「え？　知ってはるの？」

「ワシもいちど会うたことがある、内密にじゃが」

「父さんが神父と知り合いだったなんて信じられない」

　カエデはさすがに驚いた様子である。

「で、どうして神父に会わはったん？」

「欧羅巴《ヨーロッパ》の情勢が知りたくてな」

「どうだったの」

「驚くことばかりじゃ、スペインとポルトガルという国は大変に遠くにある。インドまでよりもずっとずっと遠くだ。そんな遠くの国が日本を領土にしようと狙っておるという。フェルディナンドはいい男じゃ。嘘をつかない」

「おとうちゃんもそう思うか」

「あたりまえじゃ。耶蘇教そのものにも興味があるしな」

「はじめてお父ちゃんと話が合うたな」

「お母ちゃんのお葬式、どんなお葬式だったと思う？」とカエデが聞いた。

「変わった葬式だったのじゃろう？」

「だからどんな風に変わっていたか聞いてるのよ」

カエデの方もなかなか教えようとしない。

「フェルディナンド神父にしてもろうたのか？」

「当てずっぽうの癖に勘だけはすごいわ」

「とにかく神父のおかげで母さんは間違いなく天国にいってはる」

「なるほどな」

(ああ、やっぱり父さんはこういう人だった。無責任で口ばっかり達者で、それでいて憎めない……。本当にこの父親は霞を食って生きているのではないか)

耶蘇教に関心があるというわりには、相変わらずいい加減で呑兵衛であった。

「ああ、うちもなんだか呑みたくなったわ」

「さて? クリスチャンは飲んでも構わんかったか」

梅五郎がアキに酌をしながら悪戯っぽく言った。

「かまへん、かまへん。カエデちゃん、神父にはだまっててや」

「何がカエデちゃんや。私にも頂戴」

カエデがアキから湯飲み茶わんを取り上げると一気に飲み干したのを見て、あとのふたりは驚いた。

「それで要件は何やねん」

切り出したのはアキだった。

「え?」

「六年も帰って来んかったお人が帰って来るのには何かきっかけいうもんが必要なはずや。どうせ面倒な話を持って来てんの違うか」

梅五郎は額の汗を拭いた。図星である。

「うーむ。何から話そうかな。ワシがな、六年ものあいだ母さんもお前たちのことも放ったまま行方をくらましていたのはな、こういうことや。正成様の命令で越後は上杉の家中に紛れ込んで間諜として活動していたときのことや。

伊賀からの間諜と一口に言うても、ワシのように服部の流れをくむ者もおれば、百地丹波の者もおる。それに輪をかけて中忍がいろいろおるから、もう誰が敵やら味方やらわからへんのが実情や。勢い間諜として入った者は同郷であるはずの伊賀者を殺めてでも生き残れというのが鉄則となっていくわけや」

するとカエデが
「残酷な世界やなあ」

と言う。カエデには実戦の経験がほとんどないから、こういう言葉も口をついて出るのだろう。

梅五郎は続けた。

「ワシも自分の身を守るために伊賀者をひとり殺めた。自分で言うのも変かもしれんけどな。それはむごいもんやで。家中でどうも間諜がいるようだという噂が流れるとあわてて抜けようとした伊賀者をひとり斬ってみせるんじゃ。伏齅の連中はまさか伊賀から来た間諜がうようよしていると思っていない、ひとりだと思い込んでいるから、それで自分の身は守れるってわけや」

アキがなるほどという感覚でいるのに対して、カエデの方は青ざめて話を聞いている。

「ところが後でわかったことなんやけれども、ワシに斬られた伊賀者ちゅうのんが百地丹波の指揮下の忍びでな、地元では大騒ぎや。梅五郎の首を刎《は》ねろだの伊賀に連れ帰って引き回しにしろだのとな。騒ぎがそれ以上大きくならんうちにワシが半蔵殿にお願いしたのは、どうかワシの妻子が伊賀におることだけは噂が広まらんように何とかしてほしいということや。確かにその噂は広まらずに済んだ。しかし、丹波という男はそんな簡単に手を引く男と違うねん。ワシに次から次へと刺客を送ってきよった。三人目までは何とか斬ることができたが、このままワシが勝ち続けると丹波の名声は地に落ち、下手をすると上忍からも外されかねん。おそらく丹波もそう考えたことやろ。四人目の刺客として百地丹波は切り札を切ってきよった。石川村の五右衛門という男や。今の伊賀では最強のひとりと言われておる。はっきり言うて、とてもかなわんわ。ワシはいちど型にはめられたらもう終わりやと感じた。たまたま越後の殿様が亡くなって、家中がバタついている。ワシは逃げ出すのなら今しかないと思うた。

たまたま半蔵殿からも秀吉の動向を探るように言ってきた。越後も相当危険だ。伊賀にもよう帰らん。迷った末に甲賀の中村一氏のところへ潜り込んだというのが、これまでのいきさつや」

「父さんは父さんでいろいろ苦労があってんなぁ。お姉ちゃんの人生もすごいけど、父さんの人生かてすごい。苦労知らずはうちだけや」

カエデが酒の酔いも回ってか、泣きそうになっている。

「何を言うてんねん。カエデはカエデなりに一所懸命やってるやないか。人と較べても仕方がないことていっぱいあるし、もっと誇りをもって生きんとあかんで」

「おねえちゃん、やさしいなあ。うち大好きやで」

カエデはアキに抱き着いた。

「何すんねん。酔っぱらったんか」とじゃれ合ってみせた後、梅五郎に向かって、

「しかし一氏いうたら甲賀の忍びやったらしいやないか。お父ちゃん、顔が割れてんのと違うか」

「あるいはな。だが、今やめるとなるとかえって怪しまれる。仕方あるまい」

「これまでのことはようわかったわ。で、今夜はうちらの顔を見に来てくれたんか」

「実は頼みごとがあってきたんや」

「ほれきた。金なら無いで」

「娘に金の無心に来るほど、落ちぶれてはおらん。実はな、忍びの仕事なんやねんけど、ひと

つ大きな、その分難しい仕事がはいってきてんねん。この仕事を成功させたら徳川幕府の誕生はまず間違いないやろ。その折には、徳川が伊賀から二百人を旗本として迎え入れようて言うてはるそうや。それをアキに手伝ってほしいねん」

「なるほど、それだけの土産があれば百地の残党も納得するとの計算か」

「ああ、丹波も行方知れずやしな」

「何の仕事や」

「三成の暗殺じゃ」

「かまへんで」

アキはこともなげに応えた。

「命がけやぞ」

「それはこっちのセリフや。もしうちが引き受けんかったら、どうするつもりやったん？　お父ちゃん、服部半蔵がなんぼのものか知らんけどな、これ以上利用されてたら死んでまうで。忠実な家来でいるのをやめるか、うちらを取るか、ふたつにひとつや」

「すまぬ」梅五郎は絞り出すように言った。

こののち梅五郎はアキと世間話のような中身のない話に興じていたが、アキの膝で眠るカエデの顔を笑顔で見つめて、

「見てみい。こいつはほんまにいつまでも子どものまんまじゃの」

そして、しばらく娘たちの話題から離れ、図らずもこの齢になるまで縁の薄かった息子の文三のことをあれこれ聞いて、梅五郎は大粒の涙をぬぐいもせずに、

「親子がまるで他人のように暮らさにゃならんとは……無念じゃ」

「忍びてそんなもんやで。うちはもう哀しくもなんともないわ」

それを聞くと、梅五郎は寂しい笑顔をアキの瞳の中に残して、夜の闇の中に吸い込まれるように消えていった。

*

天正十四年九月九日、正親町天皇から豊臣の姓を賜った秀吉は、十二月二十五日には太政大臣に就任し、豊臣政権を確立した。

石田三成暗殺計画には、梅五郎、アキ、作造の三人が実行部隊となった。かれらは降ろうが晴れようが、三日に一度はどこかの城や武家屋敷に忍び込み、実戦を想定した訓練を行っていた。けれども、半蔵から決行命令は出ないまま、早くも一年が過ぎていった。

すっかり日も暮れた年末のある夕刻、伊賀は上柘植のさる百姓家から幽かに明かりが漏れていた。家の中では数本の蠟燭に火が点され、暗くてよく見えないけれども、明らかに素人が描

いたと思われる聖母像が一枚貼られている。アキにとっては至福の瞬間であり、同時に自らの行いを振り返る清楚なひとときであった。しかし、まだまだ暗いと感じたアキとカエデそれに文三は、村内を走り回って、盆提灯やら祭り提灯、果ては屋台提灯まで調達してきて、ようやく昼のような明るさになった。

窓から外を見やると、暗闇のなかを窓からこぼれた明かりが足元を照らし、この家につながる細道をフェルディナンド神父が急ぎ足でやってくるのが見えた。伊賀や甲賀で伴天連と呼ぶとき、大抵は彼のことを指している。家のなかはまだ騒々しかった。もっぱら十一月の末あたりに近畿、中部、北陸を襲った大地震の話題で持ちきりだった。

やがて、黒い衣装を着たフェルディナンド神父がみんなの前に立った。次第にざわめきが引いてゆき、いよいよ神父の話が始まった。

「皆さん、戦《いくさ》が終わったと思ったら、今度は地震です。村には餓死者があふれ、盗みが横行しています。大怪我した人。親兄弟と生き別れた人、住まいを失った人、もう、どうしていいかわかりません。何をしたらいいですか。いったい何ができますか。祈りましょう。神のために、自分のために、隣人のために祈りましょう。明日を紡ぎだすために祈りましょう。家をなくした人にも、神は優しいまなざしで見つめてくださってます。神は皆さんに乗り越えられる艱難しかおあたえにならない。その苦しみを幸いと思いなさい。天国はそんな人のためにあります。

家が壊れても、こうして祈りをささげる場所と機会を与えていただいたことを神と隣人とに感謝して、ともに祈りましょう」
そして全員で唱和してゆく。
「天にましますわれらの父よ、
願わくは御名の尊ばれんことを、
御国の来たらんことを
御旨の天に行わるるごとく、
地にも行われんことを。
われらの日用の糧を
今日われらに与え給え。
われらが人に赦す如く、
われらの罪を赦し給え。
われらを試みに引き給わざれ、
われらを悪より救い給え。アーメン」
「めでたし、聖寵《せいちょう》充満《みちみ》てるマリア、
主、御身と共にまします。

御身は女のうちにて祝せられ、
御胎内の御子イエズスも祝せられ給う。

天主の御母聖マリア、
罪びとなるわれらのために、
今も臨終のときも祈り給え。アーメン」

「願わくは父と子と精霊とに栄えあらんことを。

はじめにありしごとく、今もいつも、世々に至るまで。

アーメン」

フェルディナンド神父の説教を聞くと心が洗われるようであった。そんななかでアキは、それまでの自分自身と身の回りで起こったことを思い出していた。あれは三年前、アキが十三歳のときだ。

これといった農地も持たず、痩せこけた耕地すら貸してくれる相手もいない。

天正七年十月、伊賀衆は北畠信意《のぶおき》ひきいる八千人の兵と柘植保重に命じた千五百人の部隊とを迎撃した。伊賀の地ではその戦果に満足し、酔いしれる日々の余韻がいまだ消えずにいたが、この一家だけは悲惨の連続であった。

家にいる働き手は、アキを筆頭に、からだがそれほど丈夫でない妹カエデと五つ下の弟文三がいるのみ。母のヒサは肺を病んで伏せっていたし、父梅五郎に至っては、家を空けたままの生活。家に金を入れるでもなく、母を医者に診せるでもない。どこに行ったやら、生きているのやら死んでいるのやらも不明の状態であった。

そんな赤貧洗うがごとき中に生まれついたアキを待っていたのは、生きる喜びなどからほど遠い、激しい生存競争であった。この歳から盗賊稼業に入ったアキを、母が憐れみ続けたが、生活が苦しくて、割のいい盗賊稼業を続けてきた。

十四歳の時に母が死んでいったのを見届けたのち、ひとつの事件をきっかけにして、彼女は心を入れ替え、盗賊と決別して本格的に忍びの世界に入りなおすことにしたというわけだ。

母が生きていたころ、盗賊の一味として行動していたアキに罪の意識はなかった。母が悲しんでいる理由すらわからなかった。盗みは生活の一手段、大抵の鳥獣がやっていることだ、それくらいの考えしかなかった。鳥獣が生活の基準であった以上、当然ながらその悪童ぶりは群を抜いていて、大人の侍といえど彼女と接触する際は何かと気を使った。

そこにひとりの南蛮人の男が現れ、アキにむかって微笑んだ。この青い目をした男が微笑むと、なんとなくアキは微笑みに警戒心をいだいてしまう。ただ、それが当時の日本人の一般的な反応ではあった。

弱そうな男で、目をつぶっていてもコテンパンにすることができそうだった。彼女は男に頭突きをくらわし、脇腹を膝で蹴り上げた。男は鼻血を出して倒れた。

「この野郎、子どもと思ってなめた真似しやがると承知せんで！」

そう言いながらもアキは驚いていた。こいつにも自分と同じく赤い血が流れていたとは……。

アキは男が何の目的で来たか知らなかった。どうせ、くだらないことだろう。南蛮人の青い目。何を考えているかわからない、あの青い目。巷では、人肉を食うという噂まであった。

「とっとと失せろ」

そう言いかけたとき、男が握っているものが眼に入った。それは里芋や菊芋を包んだ手拭いであった。彼は流暢な日本語で話すことができた。

「これ、食べませんか」

男は芋を差し出すと、微笑んだのだ。その微笑みをアキは予期していなかった。

「一緒に食べましょう」

男はあふれんばかりの陽気さでそう言った。アキは狐につままれたような気になった。

芋は生のままだったが一家の者はものも言わずにガツガツと喰った。いっしょに食べようと言ったわりには、彼だけは日本語で感謝の祈りを捧げ、アキたちが食べ終わるのを待っていた。

芋は小さくて、あっという間になくなった。男は食べるものがなくなると再び手を組んで感謝の祈りを始めた。そのあと、歌を歌いはじめた。腹の底から素晴らしい声を出した。それはアキが初めて聞く聖歌でもあった。彼はそれからもちょくちょくやって来るようになった。アキたちは初めのうち彼の持ってくる芋を楽しみにしていたが、そのうち彼が来てくれること自体を楽しみにするようになっていった。

男はフェルディナンドというポルトガル人で、宣教師だった。

ある日、フェルディナンドは神について語り始めた。彼は話も上手であった。ときに冗談も交え、わかりやすいたとえを入れ、顔の表情や声の強弱にも変化を持たせながら、実に巧みに話をした。しかし、肝心なことは、それにもまして聞き上手であることだった。

アキはいちど逃げ遅れて殺されそうになって以来、盗賊が嫌になってきていた。

「うちなあ、殺されそうになるのがいややねん」

ある時、アキは彼に話してみた。

「どういうときに殺されそうになるのですか」

「逃げ遅れたときとな、お頭が怒ったときや」

「お頭とはどういう人ですか？」

「うちらの中でいちばん偉い人や」

「『うちら』は何をしていますか？」

「盗賊に決まってるやんけ」

「盗賊はいけないことです。ですが、それよりも『決まってる』って、いったいいつ誰によって決められたのですか？」

「うーん……わかれへん。いつの間にか決まってたんや。そうや、これはな、決まりやってん。決まりやから、誰がいうことないねん」

「アキさん。あなたは騙されています。決まりというものは人の歩むべき道であり、必ず決めた者がいます。ただ、気をつけなければならないのは、悪魔によって決められた道もあれば、神によって決められた道もあるということです。悪魔によって決められた道は広い。しかし滅びに通じる道です。神によって決められた道は、とても狭い。それは、永遠の幸福に向かう道だからです。盗賊へ至る道は広いでしょう。ほとんどの人がこの楽な道を通りたがります。狭い道を通りなさい。それこそが神の決めた決まりであり、天に通じる道だからです。あなたはその悩みを解決できます」

「ホンマか？」

「ええ。あなたを騙している人たちを赦し、その人たちを愛し、その人たちのために祈りなさい」

「うち、殺されてしまわへん？」

「本当に残念なことではありますけれど、私には将来を見通すだけの力がまだありません。だから、その質問に関して責任のある回答を今ここですることが、できないのです。敢えて言うなら、ご自分を守りなさい」

「うち自分を守るのごっつ得意や」

「自分をも大切にせねばなりません。あなたもその人たちも神の子ですから」

そう言われて、アキはその日からフェルディナンド神父に神のことを教えてもらった。忍びとしての訓練ならばいざ知らず、学問に縁の薄かった自分に教えるのは大変だっただろうとアキは今になって思う。


この日から次第にアキの足は、お頭である源吾のもとから遠のくようになる。しかし、源吾は放っておいた。当時の家の事情を考えると、アキの方から頭を下げて戻ってくるにちがいない、何もあわてる必要はない、そう考えていた。

いったん盗賊をやめたことは、すぐに家計に響いてきた。ところが、このような日々に、母のことは弱冠八歳の文三に任せ、アキとカエデとが出演していた興業があった。実は、それがあればこそ食料にありつけ、身の回りのものをそろえることができたのである。

場所は当時まだ隆盛を誇っていた貿易都市、堺であった。堺は会合衆《えごう》と呼ばれる商人たちが自治的な都市運営を行い、戦乱から町を守るため周囲に濠を廻らせた環濠都市を形成していた。

その堺の場末に小さな小屋があった。当日の出し物は「くノ一　哀しき定め」であった。筋書きは、ありふれたものだったが、アキとカエデという娘ふたりが美形であることから、人気を博していた。

まず、ふたりの姉妹が忍びとして活動していた。ところが、妹の方が悪者に捕まってしまう。妹は数々の拷問を受け、姉が助けに行く。姉は、大勢の敵を相手に、派手な立ち回りを演じ、敵側に負傷者の山を築く。無事、妹を助け出したが、敵側は腹の虫がおさまらない。悪漢どもは一計を講じ、姉にわなを仕掛ける。姉はまんまと罠にかかって、ふたりとも捕まってしまう。

最大の見せ場は、縛られて身動きの取れない姉から、身に着けているものを一枚ずつはぎ取っていく場面。最後は一糸まとわぬ素っ裸にされ、姉妹はさまざまな屈辱の格好を強いられる。全体に艶っぽい場面がちりばめられていて、客に肌を見せることが目的でつくられたような三文芝居である。

その芝居のもぎりには、一歳年下の少年が立っているのが常だった。歳が近かったせいもあって、アキはその駒次郎という少年に裸を見られるのが恥ずかしくて嫌でたまらないと、周囲にこぼしていた。

駒次郎に会うたびに「見ないで」と、心の中で思うのだった。だが、駒次郎はもぎりだけでなく、様々な舞台の演出全般に関わっていたから、全く見ないというわけにもいかなかった。

芝居を見ていないと、芝居がどこまで進んでいるかがつかめず、流れを止めてしまいかねないのだ。アキもそのことは重々承知していたから、言葉に出せなかったのだ。

駒次郎のほうもこんな生活は嫌だったのだろう。ちょうど一年が過ぎたある日、アキに話があると言って、小屋の裏手にアキを呼び出した。

「駒やん、話て何?」アキは素っ裸に浴衣だけひっかけてやってきた。

「姉さん、長いあいだ世話になりました。昔の仲間に誘われてて、今度からそっちの手伝いをするようになりましたので、ご挨拶をと思うて」

「それはまた急な話やなあ。ん? ちょっと待て。それは越後におった奴らと違うか」

「そうです」

「やっぱり見つけられたか。それでいつ越後に行くんか」

「いや、今度から伊賀を本拠地にして、ひと儲け企んでるようですわ」

「そんなうまいこといくかいな。それに伊賀には何にもあらへんで。いっぺん、焼け野原になってもうたから」

「庄吉兄さんが言うには、そっちの方が仕事がしやすいらしいんで。どっちみち仕事はよその町に行くし」

「仕事て何や」

「何や、いろんなことをするて言うてましたわ。詳しいことは知らんけど」

「知っとかなあかんがな。……ホンマは知ってるんと違うか」

「……」

「やっぱりな。当てたるわ、盗賊やろ？」

「どうしてわかるんです？」

「忍びの行き着く果てはどうせそんなとこや。しかし、駒やんがそういう連中とうまくやっていけるんかなあ」

「知り合いもいてるし、心配いりません」

「あの眉を剃った男やろ？」

「庄吉兄さんや。姉さん言いかたきついで。人を見た目で極めつけたらあかんて、姉さん、いつも言うてはるやないですか」

「ごめんな。今のはうちが悪かった。実はな、うちもお頭とはいっしょに盗賊やってたことがあってん。源吾言うんやろ」

「そうです。へえ、そら知らなんだ」

「それでさ、いまの話聞いて思うたんやけど、うちもお頭のとこに帰ろか思うてな」

「なんでまた……」

「ちょっとな」

アキは言葉を濁した。しかし、勘のいい駒次郎はすぐに事情を察した。

「お母ちゃんの具合、よくないいんじゃないですか」

「たいしたことはないねんけど、いちど医者に診せよう思うて……」

それでまとまったお金がいるというわけだ。アキは駒次郎とともにふたたび源吾のところへ戻る選択をした。小屋の方はカエデの知り合いのフミという娘が引き継いだ。

こうしてアキと駒次郎とは、庄吉の指揮下で働くようになった。剣術の腕にますます磨きのかかったアキに対しては庄吉も、頭の源吾ですら一目置いているが、腕力の弱い駒次郎は、庄吉の知り合いとは言いながら、あらゆる不満のはけ口にされ、ことあるごとに槍玉に挙げられた。

ときには癇癪を起こした庄吉に陰で殴る蹴るの暴行を受けたことが露見する。見かねたアキが庄吉を責め立てるので、両者は一触即発の関係になっていった。だが、肝心の駒次郎は、よりによって庄吉の弁護をするのだった。アキははじめのうち、庄吉を怖がってそんな態度に出ていると思っていた。しかし、駒次郎の頑なな姿勢から、そんな様子は少しも見られない。駒次郎は庄吉に対して主張すべきことは主張していた。ただ、自分が攻撃されることに対して、我慢強かっただけである。それは駒次郎の弱さなどではなく、むしろ彼の強さであるようにアキには思えてきた。甘えていたのは駒次郎ではなく、庄吉の悪い面ばかりを見ようとする自分の方ではなかっただろうか。アキはひそかに駒次郎を尊敬するようになっていく。

アキにはもうひとつ気になっていることがあった。それはフェルディナンドに学んだ自分の務めについてであった。フェルディナンドは、アキの力で源吾や庄吉の改心と耶蘇教への帰依を求めていた。

フェルディナンドと源吾たちとでは、その取り巻く環境が全然違うということは、アキといえども感じずにはおれなかった。すんなり話が通るとは考えられない。イエズス・キリストの言葉も源吾や庄吉の耳には届くはずもなく、怒り狂うか、それでなければ大笑いされるのが落ちのような気がした。だが、そこを避けて通るわけにはいかない。それが神の意志であり、フェルディナンドの期待するところだった。出方を少しでも誤ると殺されかねない。なぜなら、お頭に面と向かって話をする際には丸腰でというのが、この集団を維持する最低限の掟だったからだ。

それればかりか、飛び道具を隠し持つ危険からお頭の身を守るという名目で、フンドシひとつの着用すら認めない丸裸にしてものを言わせようとしている。いくらアキが百戦錬磨の手練れといえど、これでは手も足も出ない。逆にいのちの危険を感じ続けながらの交渉の場となってしまう。これに対して、アキがどのような態度で臨むのかというのは、駒次郎にとって、立ち会うにしのびないことだった。しかし、アキはおとなしく裸になった。そんなアキを目の前に立たせて、当たり前のような顔で源吾は指をアキの股間にあてた。アキの場合、確かに石ころ一つでも手元にあれば何をしでかすかわからないというわけだ。これは、アキが一味に戻るときに庄吉の発案で急遽決まったことだった。

源吾は神妙さを装っていた。源吾の指がありもしない凶器を追って、右に左にしつこく動き回った。

「お頭、もうその辺でよろしいんじゃ」

駒次郎が辛抱できずにそう言った。

「利いた風なことをぬかすな、阿呆たれ」

庄吉が駒次郎を殴りつけた。

「この姐さんはな、今ええとこやねん。お前の親切は仇《あだ》でしかないんや。邪魔したらあかんがな」

そして駒次郎の首根っこをつかむとその頭をアキの股ぐらの前まで力ずくで引っ張り込み、

「ええか。お前もようと見とくんや。お頭にお願いするときはこうすることになるねん。目を開けてよう見とかんと承知せえへんぞ。なんやったらお前の持ちものもここに曝したろか。なんぼ偉そうなことを言うても男はみんないっしょや。それとも、すでにカチンカチンになってるんと違うか」

そう言うと、駒次郎の着物の裾をまくり上げた。それから、荒々しくフンドシの紐をほどくと、抵抗する駒次郎の喉元を二の腕を使って締めあげながら、

「じっとしとかんかい。お前の立派なものをお姉さんに見ていただくんや」

「庄吉兄さん、やめてください。駒やん、嫌がってますやん」

アキは庄吉につかみかからんばかりだった。

「ええい、動くな」

源吾がアキを一喝した。

庄吉は駒次郎から無理やりフンドシを剝ぎ取ることを一度諦め、フンドシの中に左手を滑り込ませた。駒次郎は無念の表情をしている。

「ん？　おやおや、そういうことやったんかい。アキ、心配いらへんぞ。駒次郎は少しも嫌がってへんわ。それどころか目いっぱい楽しんでいるようやで」

そう言うと庄吉は大笑いした。庄吉は駒次郎の勃起した竿をつかむと、上下にさすりながらその耳元で悪魔のようにささやいた。源吾までが、まるで舞台でも楽しむかのようにこのやり取りを見ている。

「駒次郎、せっかく見たいところが見れるんやないか。遠慮なんかしてる場合か。アキは、ほ

んまはな、自分の恥ずかしいところをお前にだけは見せたいと思ってるんや。アキの裸を見ながら、極楽へ行ってこい。今日の裸は芝居小屋の客が大勢いる中で見せていた商売用の裸とはわけが違うで。お前だけご指名や。よりによって剣豪アキの裸やで。こんなに気持ちいい思いは二度とできんかもしれんぞ」

庄吉の声がとうとう駒次郎を動かした。

駒次郎はアキの首筋を見、鎖骨が浮き上がっているのを見た。それから小振りで形よく隆起した乳房をじっと見た。細く締まった腹をしばらく見たのち、舐めるような目で黒い茂みを見た。よじれた毛の一本一本が細く短く、だがくっきりと顕わになっている。駒次郎はとうに見慣れたはずの景色から目が離れない。アキの全身を見つめて、最後にアキの顔を見た。アキが最初まぶしそうな表情で中空を見ていた表情が愛くるしく、アキの裸を一層あでやかに見せていた。のぞき見る駒次郎の視線に気が付くと、すこし唇をゆがめながら笑みを送り、全身を駒次郎の視線に曝していた。

庄吉が駒次郎のフンドシを引き抜くと、それとともに出てきた駒次郎の鉾は、庄吉の言っていたとおり勃起していた。しかも、まもなく白いものを噴き出そうとしてぴくぴくと動いていた。アキは、そんな駒次郎の胸のうちを見透かして、秘かな悦びを感じていた。本当はアキのからだを意識していたにもかかわらず、自らを制して我慢し続けてきた駒次郎。アキが尊敬までしてきた彼の理性は、いさぎよくそそり立っている。その理性を甘い蜜の壺で包み込みたくてアキの胸は熱くなる。このとき、アキは自分の思いをようやく声に出すことができた。

「駒やん、今日は芝居小屋と違うで。お客さんもいてへん。だから、よく見ときいや」

アキはうなだれていたが、やおら身を起こし、いきなり源吾の手をつかむと、その掌を再び自分の股間にあてて激しくこすり始めた。すると、アキのなかで何かが弾けたのだろう。すっかり表情が変わり、脚は伸び切り硬直していて、しばらく呼吸を止めていたかと思えば、びくっとして両ひざを折り、次の瞬間にはいきなりのけぞってわずかに毛の生えたアキの蜜壺を駒次郎と源吾の眼前に曝した。そのあられもないアキの姿に庄吉までが息をのんだ。

しかし、この期におよんでさえ、アキはしたたかであった。源吾や庄吉の視線が自分の股ぐらに集中しているときを見計らって、素早く小石をふたつひろった。

アキは、立った姿勢から崩れるように源吾に抱き着いた。そのうえで幾度となく、「ああん」と自分の弱みをさらけ出すような、子どもの泣き声にも似た頼りない声を漏らした。

アキが堕ちた。あの鋼のようなアキが……。がっくりと腰を落としたまま静止しているアキを皆が驚いた様子で見ていた。駒次郎は、恥ずかしさを気にもかけず、むき出しになった竿にあてた手を上下に動かしていた。そこから白い液がふたたび出ようとするのを見つめながら、アキは前髪をまつ毛の上に垂らしたまま、小さく声を出して言った。

「駒やん、ごめん。私、自分に敗けちゃった」

「ワシも……」と、眉間を八の字にしながらも微笑んで応じた駒次郎の筒の先からは、白く濁った液がとめどなく滴り続けていた。

＊

「何だとぉ、ここから抜けてえだと」

庄吉が叫んだ。

「うちだけ抜けたい言うてるわけじゃおまへんね。へぇ、みんな一斉にやめよう言うてますねん」

「なんでや。理由を言うてみい」源吾が落ち着いて尋ねた。

「へえ、ひとは誰でもいつかは死にます。死んだら天国にいくか地獄にいくかの御沙汰があるそうでんね。人を殺したりしたら皆地獄に行くことになってます。でも、本気で悔い改めれば、天国へ行くことも……」

「もう、ええわい！」

源吾が怒りに震えている。

「このワシに向かって、そんな与太話を聞かせるとは、ええ度胸しとるの」

「与太話？」

「ワシよりも伴天連の与太話を信用するとは、どういう了見や」

「お頭は与太話というけど、今まで私をだましてきたあんたらの話こそ何の役にも立たへん」

「なにを！　誰のおかげで飯が食えてると思てんねん」源吾は庄吉を呼んで、「殺してしまえ」と指示して立ち去った。

　庄吉は刀を抜いて中段の構え。

　アキの手元には石ころが二つ。さっき、隙を見て拾ったものだ。庄吉が手裏剣も一振り持っていることをアキは知っていた。

　内心、庄吉は刀を抜いてしまったことを悔いていた。得意の手裏剣が使えない。両手とも塞がっているからだ。アキが石ころをいくつ持っているのかも庄吉は知らない。ひとつなら顔面を、二つ持っているなら膝から狙ってくるという読みが彼にはあった。

　これには先ほどの源吾とアキとのやりとりが伏線となっていた。アキは天国に行きたがっている。だから殺しは避けたいはずだ。ということは、死に至る顔面や頭部は狙わない。かと言って、足首は動きが早くて外す危険があるし、もっとも標的として好都合な利き手の手首は、刀の切っ先や鍔《つば》が邪魔になって易々と弾き返される。やっぱり、膝頭を狙うのが常道だ。庄吉は下段に構えなおし、一気にアキとの距離を詰めていった。アキの目の前を、白刃が次から次

へと翻って は襲い掛かる。アキに考える間を与えない。

アキは次第に形勢が不利になっていく。このままでは、やられてしまう。これは庄吉の間合いだ。

だが、アキは、動きの速さで圧倒し始めた。庄吉にはアキの速さが信じられない。彼の刀は空を斬るばかりである。

すると突然、庄吉はそばにいる駒次郎を羽交い締めにして刀の刃を当てながら、アキに向かってこう言った。

「おい、石ころを捨ててこっちに来い」

こうなったら逃げるしかない。しかし、背を向けたら最後、庄吉の手裏剣がアキの頭蓋骨を背後から打ち砕くだろう。

すると、駒次郎が短く叫んだ。

「姉さん、逃げろっ」

そして羽交い締めにしていた庄吉の二の腕にかみついた。

「すまぬ。駒次郎」

アキは裸のままで一目散に逃げた。おかげで庄吉の手裏剣が飛んでこずに助かったが、哀れ駒次郎はアキのために短きいのちを果てたのだ。

アキは烈しい悔恨にさいなまれた。駒次郎という齢《よわい》十三歳の弟分を巻き込んでしまったことを悔いた。彼の死がどうしても受け入れられない。二年がたったいまでも、それは変わらない。そのような自分をも神は愛してくださると神父はおっしゃったのだ。そして、イエズス・キリストが人間の罪をすべて背負って十字架にかけられたということも。

しかし神が自分を赦しても、自分で自分が赦せずにいた。フェルディナンド神父の教えに何とか活路を見出そうとするが光はまだ差し込んでこなかった。

そうするうちに、今度は母親が死んだ。カエデは涙にくれ、他方アキは明日から何を心の支えにしてゆけばよいのかわからず、涙も出なかった。それでも、晩年の母がいくぶんかは幸せそうだったことだけが救いだった。すっかりやせ細っていたが、フェルディナンド神父がうちに来るようになって、母親の表情は満ち足りていた。神父が持ってきてくれた芋や大根を大層ありがたがった。

だが、一方でフェルディナンド自身は苦しんでいた。かれは教義の解釈や宣教の目的をめぐって本国と対立していた。宣教師の中には、わずかとはいえ、人身売買にかかわっている者もいたのだ。また、アキへの助言は果たしてあれでよかったのだろうか。いたずらにアキを混乱させてしまったのではないか、とも……。

アキやカエデはもちろんのこと、文三も成長してフェルディナンドの手伝いをするようになっていた。父親は相変わらず出ていったきりもう六年が経っていた。もう会えるとは思っていなかった。元々は武士であり有能な忍びでもあったのだ。伊賀を離れて越後にいると風の便りに聞いたことがある。しかし、それも六年も前の話だ。愛すべき人がひとり、またひとりと去っていく寂しさはたとえようもない。アキは敵を失う寂しさすら感じるようになっていた。頭領も庄吉ももう何も言ってこなくなった。アキの実力は知っているから、余計な面倒は起こしたくないのだ。

ところが、そんなアキの前に現れたひとりの少年の容姿に、彼女は目を疑った。少年は駒次郎と生き写しであった。それが新造だった。思わず、声をかけた。生意気なことを言うので、すこしからかってやったら、べそをかいていた。駒次郎に較べたら、精神的にずっと子どもだった。しかし、駒次郎がそうであったように、これから身体的にも精神的にも驚くほど成長するだろう……。さらに父が生きていることがわかった。甲賀に住んでいたのだ。

いずれにしても、新造というこの少年がアキの心の空白を埋めることになる。このことがフエルディナンド神父との出会い、駒次郎や母の死と相まって、アキの感じ方や考え方、行動に変化を及ぼしていった。たとえば、カエデや文三はともかくとしても他の誰かのために篠笛を作ってやるなどということは、かつてのアキでは考えられないことであった。その新造が剣術の鍛錬に余念がないという話を人づてに聞いた。アキはその噂話を素直に信じた。こうして一年がたち、二年がたっていくと噂話もアキの耳に届かなくなり、その間も時代は大きく変化し続けていた。

＊

天正十五年六月十九日、秀吉は筑前箱崎にて伴天連追放令を発令する。しかし、これは、宣教師が布教することを禁じたものではあったが、民衆自身の信教は自由であった。この発令は秀吉の国防に関する考え方を知るうえで重要だ。信長は自ら神になろうとして、ポルトガルを慌てさせた。一方、秀吉が民衆の信教の自由を尊重したといえば聞こえはいいが、当時絶大な人気を誇った石山本願寺派に対するけん制でもあった。

源吾らが住んでいた山中の小屋の中は、入り口からわずかばかりの明かりが入るのみで小屋の中は相変わらず暗い。地面に筵《むしろ》を敷いただけの床にふたりとも座っている。庄吉の眼だけがやたらギラギラしていた。

「あの北山さんは最近とんと顔を見せませんな。あの百姓家からこっちに移ってきてからいっぺん来たきりや」

庄吉が頭領の源吾を見すえて言った。

「まあな。アキのことであいさつに来たつもりだったかもしれへんしな」

源吾は気のない返事をしながら思う。

（こいつ、最近よくこういう目で俺を見やがる）

庄吉の眼にはどこかしら侮蔑の色が浮かんでいるような気がする。

「庄吉、お前、なにか言いたいことでも……」

「ありますぜ」

ぶっきらぼうに言った。

「アキのことは片をつけましょうや」

「だからお前があのとき殺《や》ってりゃよかったんだよ。いまさら殺るってわけにはいかへんやろ」

先日はアキを何とか素っ裸にさせたうえで、これなら庄吉の腕で始末できると判断したからこそ『殺せ』と命じもしたが、二度と同じ手段が使えない今となっては、庄吉では歯が立たない、ということである。

「俺でも勝てねえっていうのなら、お頭が自分で殺ってしまえば、よろしやないか」

「おい。お前いつから俺に命令できるようになったんだ。ええ加減にせんと叩っ斬るぞ」

源吾が吐き捨てるように言った。

「私に任せてくださいよ。私の言うことがホラかどうか、はっきりさせてみせますで」

「そこまでアキにこだわる理由は何やねん。銭持たんやつ相手にしててもしゃあないやろ」

「あいつ、ワシらを狙うてますで」

「馬鹿も休み休み言え」

「あのときアキが言いよりましたやろ。みんな足を洗ってほしいて。覚えてまっか？」

「ああ、言いよったな」

「奴は今後わしらのやることことごとく邪魔するつもりと違いまっか」

「ふん。しかしアキも相当腕を上げよったで。負ける気はせえへんけど、こっちも無傷というわけにはいかんやろうな」

「甚九郎と京介いう若いのがいますやろ。こいつらを使いましょう。こいつらかて伏龥、それも左利きや。ふたりともですぜ。それに、アキは最近殺しはやってへん。俺とやったときも、間の取り方がずれていたような気がするで。駒次郎さえいなけりゃ、あの時ケリつけていたのによ」

「お前の方こそ殺られてたんじゃねえか。それより、お前、なぜ駒次郎を殺ったんだ？」

「それは駒次郎の野郎が俺の二の腕にかみつきやがったから……」

「殺さなくたってええやろ」

「お頭は甘いで。そういうことじゃ示しがつかへん」

「示しがついてへんのはお前の方や。殺生は俺の命令を待ってからやれ言うてるやろ。お前が判断することじゃねえ」

「へえへえ、わかったよ。で、アキはどうする。それとあのときの小僧は？」

「放っておけ、ふたりともや」

源吾がそういうのを聞くと、庄吉は立ち上がってふてくされたように外に出た。

（ちっ、煮え切らない野郎だぜ。それじゃ、俺の気がすまへんのや）


天正十六年七月。

川の水面近くを青い背の鮮やかな鳥が一羽滑るように飛翔して木から木へ移っている。チーッという声で啼く。カワセミだ。ときどきは川面に飛び込んで小魚やオタマジャクシ、昆虫などを取って食べる。一瞬の早業である。

その一瞬に狙いを定め、研ぎ澄まされた集中力で、飛びつこうとしている一羽がいる。狙っている小魚が隙を見せた途端に、小魚は生涯を終える。

カワセミは現在もまた狙っている。狙っているとは、考えているということでもある。

（まだ早い。もう少し。まだ……。今だ！）しかし、そのときカワセミは、自分もまた自身の外敵に対して隙だらけであることを忘れていた。

飛び立とうとした寸前、頭ほどもある石片が腹部に命中した。即死だ。カワセミは一間ほど先の川面にぼちゃりと落ちた。この非情な石片が飛んできた方向には眉間に傷のある男が無表情のまま立っていた。

庄吉は鉄砲を手に入れていた。しかし、威力は確かにあったが銃弾がどっちに飛んでいくかわからぬほど命中率が悪かった。

「使えへん、このクソが！」

遠くで篠笛の音が聞こえる。庄吉の口元にかすかに笑みがこぼれた。やがて若い男がひとりずつ川上の方から現れた。先に現れたのが甚九郎、そのあとに来たのが京介だ。

「兄貴、あの音は？」と京介。十六歳。

「おうよ。ここで会ったが百年目や」庄吉は言った。

「呑気に笛なんぞ吹きやがって」とは甚九郎。十七歳だ。

「行くぞ」

「あのう兄貴。本当に殺してしまっても大丈夫なんですかい？」

「それは俺が保証するで。まずは奴を生け捕ることや。あとは輪姦《まわ》そうが、吊《つ》るそうが好きにしたらええ。すぐに殺したって一向にかまわへんが、それじゃお前らも面白ないやろ。ただ油断だけはするな。俺たちが三人がかりでも釣りがくるぐれえのタマや。下手をこくと、俺たちのほうが首を並べることになるで」

「危険な捕り物ですな」と答えた甚九郎の目には、しかし、今から始まる生け捕り劇のなかで、犯す女の姿態しか見えていなかった。

三者は、三方に分かれて音のする方向へ向かった。やがて篠笛を吹いていたアキを見つけるとススキの草陰に身を隠しながら遠目に取り囲んだ。アキのいる場所は川に四方を浸《つ》からせた岩の上である。縞柄の浴衣を着て、刺客に背を向けて腰を下ろし、笛を吹いている。当然身の危険は察知している。

(せわしない連中やこと)

あたりは一面石ころだらけの河原で、三人が身を隠せるだけの草木はアキに近づくにつれて乏しくなってくる。風は川上から川下に向かって吹いていた。当初は敵が川の上下にひとりずつと判断していたが、鳥たちの反応が違う。背後にもうひとりいた。アキは気づかれぬように着物の帯紐をほどいた。

アキは再び何食わぬ顔をして笛を吹いていたが、突然、岩の上を転がるように回転しながら反対側へと姿を消した。敵が十分に距離を詰められず呆気に取られているうちのできごとだ。と同時に岩の陰ですばやく浴衣を脱ぐと浴衣をたかだかと宙に放り投げた。その瞬間、手裏剣が二振りそれぞれ別々の方向から飛んできて、ドスッ、ドスッとむなしく着物を襲って川の中に落ちた。アキは二振りの手裏剣でずたずたに切り裂かれた着物と手裏剣とを拾い上げ、川の深みに身をひそめた。貴重な四方手裏剣二振りをせしめたわけだ。

「くそっ、逃げられた」と三人は口々に言った。

しかし、アキは逃げてはいなかった。

(それにしても、あいつらそろいもそろって、なんて馬鹿なんだ)

アキは逆に三人の緊張感のなさと詰めの甘さにだんだん腹が立ってきた。やがて小さめの棒手裏剣を二振りくわえ、手にはせしめたばかりの四方手裏剣をもって、川底を川上に向かって這って来ていた。川の対岸は鬱蒼とした藪である。水面からアキが首だけ出すと、続けざまに放たれた三振りの手裏剣が、それぞれ正確に三人の左手の甲を貫いたが、三人とも気づかない。

三人が帰り始めると、アキは川から上がり背後から声をかけた。

「おいっ」

三人は振り返ると一様に驚いた。そこには逃げたはずのアキが、残った四方手裏剣一振りを片手に、濡れた浴衣を肩にかけたまま、突っ立っていたからだ。

「このアマ!」

「馬鹿が、戻ってきよった。しかも素っ裸でよ」

アキは顔色ひとつ変えずに言った。

「馬鹿はお前らの方や。なんちゅう詰めの甘さや。とにかく、早く医者に診せた方がええで」

するといと京介が叫んだ。

「兄貴！　手がっ」

ここで初めて三人の手の甲に手裏剣が刺さったまま血が噴き出していることに気がついた。

「うわっ！」

「ひいっ！」

三人は駆け出した。

「あとであいさつに行くよってなあ」

アキは三人に向かって叫んだが、誰の耳にも届かなかった。アキは川でもうひと泳ぎすると、先刻の大きな岩の上でうつ伏せに寝そべった。浴衣も別の岩の上に広げてある。焼けた岩の上は乾きが早い。夏空の下、アキは岩の上でいつのまにか小さな寝息を立てていた。こうしてひと眠りした後、袖に大きな穴の開いた浴衣を草の繊維で器用に縫い直して着ると立ち上がり、庄吉とふたりの弟分の攻撃などどこ吹く風といった態で、大きく伸びをして歩き始めた。道々、彼女は考えた。駒次郎を死なせてしもうたんは、うちが愚図愚図してたからや。早いとこ庄吉を叩っ斬ればよかったんや、と。

*

小屋に帰った三人から先刻のことを聞いた源吾は烈火のごとく怒った。

「馬鹿野郎！」

庄吉の襟をつかんで振り回した。

「ワシの言うことが聞けんのなら、何しに帰って来たんか、えーっ？」

庄吉はよろよろと力なく倒れ込んだ。

「ワシは面倒見いへんで」

ぎろりと血走った眼の玉を今度は甚九郎と京介に向けた。

「お前らもバカみたいな計画に一緒になって乗っていかんと、少しは冷静になって止めんかい。お前らとアキとでは力の差は歴然としてるで。まだ首が付いたまま帰って来れたことを幸運に思え」

ふたりはうつむいたままである。源吾は、ふーっとため息をついた。

「庄吉。医者は何て言うてたんか」

「しばらく使わんように言われました」

「手を使わんで何しとくんや」

「……」

庄吉が黙り込んだ、ちょうどそのとき小屋の入り口で声がした。

「ごめんよ」

入って来たのは、アキであった。

「てめえ」

京介が片膝を立てた。

「待ちいな。喧嘩しに来たんとちがうで。お頭に話があってな」

「おう、話聞こうやないか」

アキは向かい合っていた源吾と庄吉の間に腰を下ろすと源吾向きにあぐらをかいて、庄吉の方を振り向いた。

「うちを殺そうしてたんですやろ、これくらいのことで済む思うたら、あきまへんよ」

「お前、やっぱり仕返しに来たんやな。それとも、駒次郎の敵《かたき》を討ちに来たんか」

そういう庄吉を無視して、アキは静かに言った。

「これから先、庄吉兄さんのことを呼び捨てにさせてもらいますえ」

「なんやねん、そんなことかいな」

庄吉は拍子抜けして、戸惑ったようすである。

アキは源吾の方に向きなおり目をつぶっていたが、突然大声を出した。

「おいっ！　庄吉っ！」

「え？」

対照的にか細い声の庄吉。

「ええな、それでッ！」

「ええで」

庄吉の声は相変わらず小さい。

「おいっ！　庄吉っ！　ええんやな、それでッ！」

アキが怒鳴るたびに庄吉はびくっとする。

「ええ言うてるやろ！」

庄吉はやけくそになって言った。

「よしっ。うちの話をよく聞け。うちが駒次郎を助けられへんかったことは、一生かかっても取り返しのつかんことやった。なんであの時、うちは駒次郎をあのままにして逃げだしたんやろう。噛みつかれて隙のできた庄吉を殺すやなんて、虫を潰すよりもたやすかったはずや。以前のうちやったら間違いなく殺ってたところや。庄吉を殺らんかったのは、それがキリストの教えやからや。うちにはわからんようになってきた。うちが祈ってきたのは駒次郎を死なせるためやったんか。そのときはそう思て、庄吉を殺したほうがましやったと思うたもんや。しかし、キリストというお方はこうも言うてるらし。お前の敵を赦せ、敵を愛せ、と。だから、庄吉。今度までは赦したる」

「ほんまやろな」

「お頭の前やで。嘘をつくかい」

アキは源吾の眼を見た。

「話いうのはここからです、お頭」

「なんや？」

「庄吉をうちに預けてくれまっか？」

「な、なんと」

「あとのふたりは傷は浅いし、早う治るんとちがいますか。しかし、庄吉のは骨が砕けてると思います。うちが預かって伴天連の手伝いさせますよって」

「ほんまにそれでええんか、アキ」

「ええです。なんなら、そこのチンピラふたりかて預かってもよろしで。伏虁かなんか知らんけど、ひとつも役に立たへんみたいやから」

「何だとォ？」

甚九郎と京介とがいろめきたった。

「庄吉もこんなカスみたいなのをよう相手にしよったな。うちゃったらかなわんわぁ。悶着《もんちゃく》絶えへんわ」

「いろいろ言うてくれるやないか」

甚九郎と京介が、お頭の前だというのに、思い余ってアキの目の前に詰め寄った。

「お頭の面前で見苦しいところ見せて申し訳ないんやけど、少しこいつらに躾《しつけ》ちゅうもんを教えたってよろしか」

「好きにしたらええ」

「おい。お前ら、うちを相手にするなら、それなりの覚悟しとけよ。ケガするだけじゃすまへんぞ」

「殺すつもりか」

「誰が殺す言うた。そんなあっさりと死なれてたまるかい。それじゃ躾にならへんやろ、考えが貧しすぎるで。爪から歯から抜いてしもうて耳も鼻も削いでツルツルにしてまうとかどうや、すっきりするでえ。フリチンのまま大坂城の前で逆さにして磔台に晒すいうのもええなあ、カラスや野犬が余計来るよって淋しことあらへんで。いっそキンタマを切り落として女としてやり直してもらおか、というてもうまく切り離せるかわからへんし、うまく切れへんときは力ずくで引きちぎればええな。いろいろあるやろ。いま、三つ言うたな。うちの言うことが聞けへんかった時の罰や、好きなのをひとつ選べ」

「え？」

「何をぼうっとしてんねん。さっさと選ばんかい！」

「俺はええわ」

甚九郎がぼそりと言った。

「何が『ええわ』じゃ。そんなひとことでみんなチャラにせえ言うんかい。でけへんぞ。早ようえらべや」

黙り込む甚九郎。

「さっさとせんかい！」

なおも甚九郎は無言。

「なめやがって、この野郎。もうええ、うちが勝手に選んだる。うちがいつもおとなしくしてると思うなよ。お前は耳削ぎや。ええか？」

甚九郎は黙って首を横に振る。

「お前、うちのことコケにしてんのかい」

慌てて再度首を横に振る甚九郎。もう、目つきが真剣そのものだ。蚊の鳴くような声で言った。

「逆さで晒されるのがええです」

「フリチンがええのんけ」

「はい」

「最初からそう言えよ」

今度は京介に向けて

「お前は！」

「へへっ、ワシはそんな妙な条件は飲まへん。お前こそ、ワシをなめとんのと違うか」

京介の方はあくまでも挑戦的な姿勢を崩していない。へらっと笑いながら、馬鹿にしたような対応である。

「条件出してるんと違うで。今後、お前らがうちに逆らったり、道理に外れたりしたときに、どんなお仕置きがええかという話やで。もう面倒や。勝手に決めるで。お前はキンタマ落としや。決めたで」

アキは京介を無視して、

「お頭、失礼しました。こいつらも預かりま……」

そのとき京介が背後にまわって、アキに斬りかかっていた。

「やめ……」

源吾が叫ぶより一瞬早くアキは振り向きながら、京介の足を手ですくった。気がつくと尻もちをついた京介の股間から一寸下にフンドシごと四方手裏剣が一振り地面に深々と打ち込まれている。いつ打ったのか誰ひとり気がつかなかったほどの早業であった。アキは京介から目を離すことなく、手裏剣を引き抜いた。そして京介に向かって冷ややかに言った。

「うちとお前らとでは、生きてきた重みが違うんじゃ」

「す、すんません」

「『すんません』で済むか！　阿呆たれ。殺したろかいっ」

アキは目にもとまらぬ速さで京介に殴りかかった。そして、わずか一発で倒れ込んだ京介の頭を思いきり蹴飛ばした。衝撃で目玉がずれて、あらぬ方を見ている京介。慌てたのは源吾である。このままでは本当に京介が殺されてしまうと察した彼は、ふたりの間に割って入った。

甚九郎は恐怖のあまりガタガタと震え、失禁していた。

「アキ、こいつらを赦してくれ。いままでこいつらのことは庄吉に任せっ切りやったさかい、こいつら礼儀いうことと辛抱するいうことがわかってへんねん。俺の顔を立ててくれ」

「へえ。わかりました」

「じゃあ、庄吉のことは頼んでええか？」

「うちの方がお頼みしてますやん」

「すまん、すまんな、アキ」

源吾はのどを詰まらせた。

「利き腕が利かへんのやで。手伝ういうてもいったい何ができる言うんや」

庄吉は絶望していた。

「お前は何も心配せんでよろし！」

庄吉に背を向けたまま、アキが大声で言った。庄吉は黙り込んだ。静けさの中で、庄吉のすすり泣きが聞こえてきた。アキが静かに言った。

「それくらいのことでなさけない。お前な、これまで何人殺めてきたか、考えてみいや。今のお前は人間のクズやで」

ひとしきり泣いたのち、アキに促されて庄吉も立ち上がった。

「ほな、行こか。お頭もお元気で」

「アキ。あのな……」

源吾が何か言いかけたが、なかなか言葉にならない。やがて、噛みしめるように言葉を紡いだ。

「俺もな、いつかこの稼業から足を洗って、とは思うてんねん。俺にはこんな生き方しかでけへん思うてきたけどな、ひょっとしたら違う生き方もできるかなと思えてきた。……なんちゅうか、いい風さえふけば、な」

「ありがとうございます。いい知らせを待ってますよって」

深々と頭を下げるアキを見て、源吾は呟いた。

「白黒はっきりしてるところは少しも変わらへんが、あの小娘がすっかりおとなになってもうた」

＊

天正十六年七月中旬の昼下がり。村の男たちが庄屋の家に向かった。臨時の寄合である。庄屋の亀八郎が今日の議題について説明した。

「秀吉公が今度は村にある武器を出せと言うておる。だいたい刀のほかに弓、槍、鉄砲も出すようにということじゃったが、北山殿の話では、村にあるボロ刀を人数分出してもろたらよかろうというような話だったんで、惣村の蔵になおしておる刀のうち錆びたやつ、刃の欠けたやつを人数分出しておいてええか？」

「何しはるんか？」

「百姓が反抗せんようにじゃろ」

「そうに決まってるけどな、それればかり言っているわけにはいくまいて。野犬やらヤマイヌやら出たときには百姓が力を合わせて撃退するよう言うてはるさかいな。全部出せとは言えんわけや。つまり、命令というわけではあらへん。協力せいという話になる。そこで出てくるのが建前や」

「方広寺の大仏を造るのに鉄が足りん言うてはるな」

「釘作るために刀をつぶせいう話かいな」

「大仏の大きさ変えればええだけのことやろ」

「人の血を吸うてきた刀やら槍で仏さん作ろうていう考えもすごいな」

「百姓はこれに協力すれば極楽に行けるんやて」

「見てきたようなこと言わはるなあ。なんちゅうありがたいお話やろ」

「さすが関白殿下やなあ」

笑い声が渦巻く中で、徳兵衛が尋ねた。

「いま蔵には何振りくらいあるんかのう？」

「刀が三十、脇差が六振り、鉄砲が一丁、槍は折れてるのもいれて二十くらい、弓はすでに分けた分だけや」

実際、現物を見てみようということになり、ぞろぞろと蔵の中に入っていった。

「折れた槍とか使いもんなるんけ？」

「戦《いくさ》にゃあもう使えんかもしれんが、釘にはなるで」

「刃さえしっかりしとれば使えるで。要らんのならワシにくれ」

「ワシは修繕したら戦でも使えると思うがなあ。堺に持って行って全部手裏剣に換えてしまったらどうや。忍びの間やったら金の代わりにもなるで」

「なんぼ堺でもそんな仕事は嫌がるに決まってるわ」

「そうやろか」

「手裏剣てふつうに頼んだかて断られんのに、秀吉公の目を盗んでやるような仕事、誰がやるかいな」

「ええ話や思てんけどなあ」

「今やったら下手な脇差よりも高いんと違うかなあ。手間がかかるだけやなくて、十年も前から鉄砲ばっかり作るようになってきよった。職人もおらんようになってきたし、侍である証しの刀剣ならまだしも、手裏剣なんかもうどこも喜んで作るところはあらへん、あんな面倒なもの造るより釘を作った方がマシやろ」

　さて、梅五郎である。

先日、庄屋の亀八郎を訪ね茶をすすりながら、検地をはじめとする諸政策について有力者の方々に説明の機会をもらえないかと問うたところ、庄屋の方も大いに乗り気であった。こうして、本日の懇親の機会が話し合いを兼ねて行われることとなった。

太閤検地の結果、荘園は解体され、それまで地方によってばらばらであった広さや長さなどの単位も統一された。こうして秀吉は合理化を進めていった。

伊賀や甲賀の小領主にとっては不満が残るかもしれないが、公平さを目的とする以上理解は得やすい。ただ、喧嘩停止令といい刀狩令といい一部に不評を買っている。特に忍びに評判が悪い。とにかく、梅五郎としては、検地だけではなく喧嘩停止令や刀狩令、それに今後進められるであろう兵農分離も含め長所と短所とを整理して、頭に叩き込んでおかなければならない。そう考えていたときに、梅五郎は秀吉になりきって物事を考えてみようという気になった。そうすると、新たなことに気づいた。

村に入ったときにはまだ日が明るかったが、神社の広間にはこの前と同じような顔ぶれがそろっていた。当然ながらユキとシズはいない。ほどなくして作造と弥助が来て梅五郎の左隣に庄屋の亀八郎、右隣に作造、向かいが徳兵衛、照太郎、弥助、斜向かいに孫七という面々である。座席の設定にも亀八郎の細かい配慮が感じられた。

亀八郎の口上が始まった。

「秀吉公におかれては甲賀武士への懲罰処分に始まって、喧嘩停止令、伴天連追放令、刀狩令と厳しいお沙汰が続いておりまする。このたびはそれに加えて検地が行われるそうでござる。すでに北山様のお仲間からご説明いただいたことになっておりまするが、わからぬ点など聞いておきたいと回りくどいことを申されるので、これはおそらく酒が飲みたいということに相違あるまいということでこういう席を設けましてござる。本日の勘定は北山様にお願いいたしますれば、みなさまにおかれてはくれぐれも謹んでお酌に預かっておるという風情にてこれを楽しまれんことをお願い申し上げるとともに、かかる酒にはなにがしかの謀りごとがこれありなんとご警告申し上げて挨拶といたしまする」

手慣れたものである。会場は笑い声に満ち、拍手が湧いた。続いて北山こと桂梅五郎の挨拶。

「此度は庄屋様の過分なるお気遣いにより、ご面倒をおかけしたことをかたじけなく存じております。只今、かくなるお気遣いと相成ったいきさつについてご説明を賜ったところなれど、お聞きして驚いておるところでござる。拙者、多少回りくどうございましたが、実のところは茶をもう一杯いただきたく、左様に申し上げたつもりにありますれば、茶が酒に化けようとは、奥ゆかしきも罪なるべしと心得たところにございます。そうは申せども水より茶、茶より酒をたしなむは世の習い。どうぞご遠慮なく、これを楽しまれますよう案内申し上げまする。さても庄屋様におかれては、拙者の酒には謀りごとの影ぞありなんとや。いかにも、いかにも。拙者ばかり謀られんことのなきようになればと」

こちらも手慣れたものである。これまた、人々の笑いを誘い、出だし好調といったところだ。当初、北山新之助を名乗って桂梅五郎が村を訪れたときにその場にいた作造、庄屋の亀八郎らが見た北山新之助は低姿勢であったし、生真面目な男とばかり思っていたが、案外冗談も言えるのだな、と誰しもが思った。さらに、もうすでに方針が決まっていることなら、文句を言っても仕方がない。今日はうまい酒にしよう、とも。

作造は思った。こういう人間が間諜として早死にしていくのは、哀しいことだ。むしろ百姓などしていたほうが何倍良かったかしれぬ、と。

この時代、天下統一が急がれた背景に、スペインやポルトガルによる植民地支配に対抗できるだけの国力および軍事力を大急ぎでつくりあげねばならなかった、という事情がある。

秀吉公は日本と日本人をポルトガルやスペインから守ろうとしているのではないか。宣教師を装って、実際は奴隷商人のような手合いが存在した。フェルディナンドが悩んでいた理由がまさしくこれだったわけだが、一方で秀吉を中心に、国家としての体裁も、猛スピードで整いつつあったのだ。

この線で秀吉の行ったことを整理しなおすと、喧嘩停止令や大名同士の争いを禁じた惣無事令が出されたのには、国内の統治もさることながら外国の勢力から日本を守る使命感があったのかも知れないと思うようになった。作造が梅五郎に酌をして、検地について尋ねてきた。梅五郎はひととおり説明をしたのち次のように付け加えた。

「秀吉公が日本全国の大名を臣従させて天下統一を果たしたことから、いろんなことを統一する必要が出てきました。まず正確に年貢を徴収すること。実態は、地域ごとに年貢の算出の方法などが異なってたため、これを統一するために検地が必要となったものです。巷には銭が少なくなっておりますゆえ、貫高《かんだか》による税制はどのみち継続困難です。誰が天下を統一したにせよ、同じことをせざるをえないと思います」

「いやな時代になりましたな」

亀八郎が梅五郎に酌をしながら言った。

「そうですやろ。なぜかわからんけどもおもろうない時代になってしまいよる」

「こういうこと違うかな。昔はな、いろんな奴がおってん、山で修行してる人やら悪党もいろいろおったしな。忍びにしたかて風魔やら伏齅やら根来衆《ねごろしゅう》やら乱波《らっぱ》がいろいろおったがな。今とんと話を聞かへんやろ。はみだし者て言いよったのがいなくなってきてるんやないか。出来損ないには出来損ないなりの道があったからな。今や忍びすらいなくなろうとしてるんやで」

作造が珍しく持論を展開した。彼は興奮すると家庭と一緒くたになってしまい、関西弁になる癖があった。

「それを信長公と秀吉公が一掃したわけです。少なくとも結果としてはそうなりました。ただ、一方で欧羅巴は容赦なく襲ってくる。彼らも最初はにこやかな顔をして近づいてくるでしょう。それが罠だとわかってからでは、取り返しがつきません。彼らは新型の兵器をたくさん持っているから、日本はひとたまりもありません。いずれにせよ、日本がこれまでどおりでいることはできません。さあ、皆さんはどちらの変化を望みますか。秀吉公の言いなりになるのか、それとも外国の言いなりになるのか。もう昔に戻ることも、昔の夢を追うこともできない、時代の波の中で……」

梅五郎は一同を見まわした。静寂の時が流れる。一同は梅五郎の話に聞き入った。百姓、ひいては忍びへの監視が強まることを作造はもっとも不安視していた。しかし、梅五郎に言わせればポルトガル軍は、織田軍が伊賀に対して行った殺戮や搾取以上の攻撃を仕掛けてくるかもしれない。だから国防が緊急の課題だと論じたのだ。あるいは、これは誤解であるかもしれない。しかし、今は秀吉を信じるしかないのではないか、と。秀吉といえども吾妻衆という忍びの力を借りてきたのだ。忍びの心がわからぬはずはあるまい。一同はそう思いたかった。

確かに民衆に対する管理は強くなるだろう。百姓から武器は取り上げられ、一揆は封じられる。しかし、それはそのこと自体を目的としたものではなく、国防を軸に据えたものであり組織が合理的に動くために避けて通れない道筋だ、というのが梅五郎の主張であった。作造らは、厳しい内容の政策におとなしく従うよりほかになかった。それらは徳川幕府に引き継がれ、徳川は平和で安定した三百年を迎えることになる。

すでにスペインとポルトガルとはサラゴサ条約を軽視し始め、対抗意識をむき出しにして日本の植民地化を狙っている。天正十五年には秀吉が伴天連追放令を、また慶長十七年には徳川幕府が禁教令を出してキリスト教自体の締め出しを図った。

しかしポルトガルの日本に対する怨念はくすぶり続け、四半世紀後に九州の地で内戦という形で勃発する。

梅五郎は続けた。

「実は、この太閤検地をきっかけにして、いろいろなことが動き出す仕掛けになっております」

「とおっしゃいますと？」

「農民は年貢の納入を村で一括してせねばなりませぬ。それぞれの土地を自分のものとして使うことが認められる代わりに、多かれ少なかれ土地に縛られて生きねばなりませぬ。これは、すなわち身分として決まっていくことになります」

「甲賀者はどうなりますかな？」

「あくまで私の考えですが、忍びの時代はすでに終わっていると思います。甲賀者も伊賀者も仕官を目指すか、百姓町人になるか、それとも修験者に後戻りするか……」

作造はわが子らに施してきた膨大な無駄を思うと言葉を失った。そして、自分たちが展開していた秀吉批判が、いかに底の浅いものであったかを思い知らされる結果となった。

梅五郎はなおも続けたが、話の内容が少しずつ変化してきた。そして、これまでの経過を知らぬ者にとっては驚くべき意見表明となった。

「私も実は伊賀者です。女房子どもを放ったまま、六年間も留守にしておりました不届き者です」

ここで作造が、大声ではないけれども胸にしっかりと刻み込むような言い方で一同にこう宣言した。

「御一同。北山殿もわけあってのことであろう。この話はそれぞれの胸の中にしまい込んで、決して他言なさらぬよう。失礼ながら、万が一にも他言なされた場合は、地の果てまでも追っていき首を刎ね申す」

聴衆は静まり返った。

「内密の話が今ひとつ。拙者、半蔵殿の命で動いておりまする。数日後になるやら、一年先、二年先になるやら見当も及びませんが、石田三成殿を暗殺いたす所存。これが成功し、家康殿が天下を取った暁には徳川幕府より土産を用意するそうじゃ。伊賀に二百、甲賀には百、幕臣として仕事がいただけることになっておりまする」

「三成殿もご自分の生命がそのような高値で取引されていようとは思ってもいまい。梅五郎殿は三成殿とはいかがでござった」と作造。

「三成殿は蒲生郡を始めいろんなところで検地奉行をされてましたから、いろいろ教えていただきました。そういう意味で、この仕事はやりづろうござる」

「ならば拙者に任されよ」

「それはなりませぬ。今度の仕事がいかに危険か、作造殿はわかっておられぬ」

「わかっております。三人にひとり生き残ればいい方だということくらい……」

「作造殿」

梅五郎は作造の目を見た。その目は、忍びとは仕事に、文字どおり命をかけるもの、とだけ語っていた。梅五郎は聞いてみた。

「ところでなぜ三成殿なのかご存知か」

「知りませぬ。また、関心もござらぬ」

実のところ、三成はキリシタンに甘いと言われていた。かつて梅五郎はフェルディナンドに三成の印象を尋ねたことがあった。

「あの方はとてもいいお方です。何よりもキリシタンに理解があります。ただ、優しすぎるときがあります。宣教師たちが皆、神の教えに忠実なわけではありませんから」

「それはどういうことです？」

「同じ神のしもべを奴隷や娼婦として売っている偽の宣教師たちがいます。また、本国は本国で日本を欺こうとしています」

「そういうことか」

「要人が優しすぎたために、そこをつけ込まれ国を滅ぼした例を私たちはいくつも知っています。私たち欧羅巴の人間は『ずる賢さ』にも歴史があります」

「と言いますと？」

「スペインとポルトガルはいろんな国を植民地にしています。スペインのやり方は強引です。早い段階で戦争をしかけて行きます。ポルトガルのやり方は狡猾です。優しい言葉で相手を信用させます。罠にはめるやり方です。実態はさっき言ったとおりです。秀吉公は天下を統一したのではなく、ようやく国としての体裁を整えつつあるというだけにすぎません。しかし、国防のことを真剣に考えているのは秀吉公と家康公だけです」

というようなやりとりであった。だが、梅五郎は関心もないという作造には黙っていた。中には三成延命論を説く者もいる。

「桂殿。かような考えでいかがですかな」

作造が言ったのは、国防のために豊臣と徳川とが手を組めばよいという、一周遅れの理想論であった。

「いやいや、半蔵殿の命令でございますゆえ」

それで、梅五郎の心が動くはずもない。

しかし、三成暗殺よりも前に、それ以上に恐ろしい相手がいて、しかも自分たちが斬られることを本気で予測できた者はいなかった。あのアキですら、身震いを覚えるほどの使い手であった。

＊

二年をもって歳月と呼ぶには、それは短かすぎるだろう。だが、いったん地獄を見た人間が変化するには十分な時間かもしれない。この男にとっての二年はあまりに長い二年であった。

庄吉の世話をしていたフェルディナンドは、武器商人的なポルトガル本国の布教のあり方や人身売買が黙認されている姿勢を疑問視していた。しかし、伴天連追放令によって国外追放処分となり、さらには帰国の途上、マラリアに感染し、帰らぬ人となった。

一方、町人らしく結った髷《まげ》に柔和な目元。言葉遣いさえ微妙に変わってしまった庄吉を知る人が見たなら、おそらく十人に九人はうまく化けたと言うだろう。それほどの変わりようだったが、変わったのは何も外見だけではなかった。

「おいっ、庄吉！　いるか」

年の瀬もせまった真夜中のこと、入口の戸を激しく叩く音に、庄吉夫婦は驚いて目を覚ました。

「へえ、どちら様で」

女房の小里は怖がって奥に引っ込んだままである。

「どちら様とはごあいさつやな。声を聴いてわからへんか」

「佐々木の旦那でっか。えろう早うおますな。夜明け前でっせ。まだ、真っ暗ですやん」

「お前たちが逃げた後じゃ話にならへんさかいな、ええから、ここ開けろ言うてんねん」

庄吉が油に火を灯して戸を開けると、京都所司代下の同心、佐々木一馬が小者ひとりを連れて立っていた。ふたりとも酒臭い。

「見てみい、健吉。こいつら、うまいこと化けてけつかるやろ」

「ほんまですなあ、これが忍びいうやっちゃな」

「人をキツネかタヌキみたいに言わんといてください」

庄吉も気が長くなったものである。以前の彼なら間違いなくふたり分の骸《むくろ》を並べていたところである。

「それで、何の御用ですやろか」

「お前、霧の安兵衛という忍びを知らへんか」

「会ったことはおまへんけど、名前は聞いたことありまっせ」

「へーえ、会ったことはないねんな？」

「へえ。安兵衛がどうかしはったんですか」

「何をとぼけてんねん」

「何のことだか」

実は霧の安兵衛というのは武田の忍びで、かつて庄吉に斬られた男の名だった。

（やり方が強引すぎるで）

彼がこう思うのも無理はない。庄吉が安兵衛を斬ったのは戦国の世のことで、喧嘩停止令の発令よりも前のことであったから、別件逮捕にせよそもそも罪に問えないはずだった。これが罪になるとしたら、戦国の世を生きてきた本国中の侍はほとんど牢屋に入らねばならず、かの太政大臣殿とて例外ではない。

「そうか。邪魔したな」

いったんは帰りかけたふたりだったが、ふっと思い出したように佐々木が言った。

「そやそや。庄吉、お前に耳よりな話があるで。訊きたいか」

（お前の方こそ話したくてうずうずしているやないか）

という言葉が出そうになるのをぐっとこらえて、

「聞かせておくんなはれ」と庄吉。

「フェルディナンドが死んだそうや」

「それのどこが耳寄りな話ですねん」

「なんだと」

フェルディナンドの悲報を「耳寄りな話」と表現してはばからない佐々木の無神経と横着ぶりに、だんだんと庄吉も熱くなってきた。家の前で睨み合うふたり。そこへ小里が飛び起きてきた。

「まあまあ、おふたりとも、そんなところでわあわあやられたら、ご近所の方たち、皆びっくりしますがな。うちの人も態度がよろしゅうなかったかもわかりまへんけど、酔っぱらって真夜中に人のうちに押しかけるいうのもどうですやろか」

「ちっ、おい、健吉。帰るぞ」

「へい」

当初は伊賀の地でフェルディナンドの布教の手伝いをしながら百姓を始めていた庄吉だったが、伴天連追放令によりフェルディナンドは国外追放の身となり、帰国途上の不衛生な船内でマラリアを発症した。感染症対策の行き届いた設備など望むべくもなく、三日と経たないうちに睡眠薬を過剰に飲まされたうえ、生きたまま夜の海に投げ込まれて、海の藻屑と消えていった。もちろん、この経過については内密にされ、船長ほか関わった乗組員しか知らないはずだった。

いま庄吉にかけられている嫌疑は人身売買に関するもので、明らかに冤罪《えんざい》だった。内容はフェルディナンドが信者勧誘と称して日本人の娘をポルトガルの奴隷商人に売りつけている、そして庄吉はその手下として働いていたというもので、荒唐無稽な話ではあったが、当時日本とポルトガルとの間で頻発していた問題でもあった。実際は、ある海賊崩れの一団がフェルディナンドと庄吉に罪をなすりつけようとしていたものであった。接する相手が宣教師然としたものばかりであったから、迂闊にも庄吉は疑わなかった。後日、これは嫌疑が晴れるのだが、京都所司代側も当初は本気で庄吉を落とすつもりであったから執拗に追求してきた。

人身売買は特に九州諸藩の大名たちがポルトガルから鉄砲を買い付けるためにひろがったと言われている。

フェルディナンドが追放されて以降は布教するにもうまくいかず、というよりもアキにしろカエデにしろ庄吉にしろ自分が布教しようとしているその内容そのものが信じられなくなって、庄吉はアキやカエデとも疎遠になっていった。それでも細々と芋や野菜などを作っていたところ、利き腕の不自由を憐れんで作業を手伝うようになった小里という女がいた。以後ふたりは急速に接近していき、祝言もあげぬまま一緒に暮らし始めたのだった。

「怖かったわあ」

「佐々木の野郎め。まだ真夜中だっていうのによ。それにしても、お前は大したもんだよ」小里の糞度胸には何度も助けられた。

「いったい何しに来たんだろうねえ」

「ああ、京都所司代の方針が固まらねえもんで、ちょっかいを出しに来たんだろう」

「わかりませんわ」

「無礼を承知で仕掛けてきたんだよ。俺を怒らせて手を出してきたら、しょっぴく魂胆だってことよ。その手に乗るかってんだ。危ねえところだったがよ」

「よく我慢しなすったねえ」

「俺は侍じゃねえからな」

「忍びってのはお侍じゃないのかい」

「侍を名乗るやつもいたし、百姓もいたがな、もう忍びも乱波もいねえんだよ」

「よくわかんないよ。それにしても佐々木の旦那ってのは嫌だよ」

小里の一言で庄吉は黙り込んでしまった。小里も黙ってしまう。やがて、庄吉が口を開いた。

「なあ小里。ものは相談だが」

そのとき小里が見た庄吉の表情は何か大きな決断をするときの人間の顔であった。

「お前、江戸にいたことがあるって言ってたよな」

「ああ。私がいたころは住みにくいところだったもんさ。今はずいぶん変わったんじゃないかい」

「江戸に行こう」

「えっ？　逃げるってことかい？」

「逃げる道理なんてねえ。ただ、どうせ行くならこっそりいこうぜ」

「それを世間じゃ逃げるっていうんじゃないか」

「何が逃げるもんか。俺たちは胸張って行けばいいんだ。ただ、ちょいとばかり工夫した方がいいってことよ」

「ほっほっほ……わかったよ」

そういうわけで、江戸へ行くことにした。ふたりは早くも江戸弁になっていた。

京都所司代は当初庄吉を伴天連の単なる一支援者としか見ていなかったが、調査が進むにつれ、伏龔時代に武田の三ッ者を殺めた容疑の方が固まってきた。事件は喧嘩停止令が下されるよりも少し前ではあったが、伴天連の動きを芋づる式で明らかにしていきたい京都所司代は別件で捕えようと画策していた。

しかし、こういう強引なやり方に内部では反対の声もあって命令がなかなか下りず、待ちきれずに佐々木は強引なやり方で片づけてやろうと狙いをつけていた。ところが、こういう仕掛けに関しては、忍びだった庄吉も人後に落ちない。たちまち佐々木の魂胆を見抜き、一切隙を見せなかった。

急ぎ祝言を上げ、正月が明けるとすぐに江戸に向かった。

なるほど、江戸は新しい町だけに仕事は沢山あった。庄吉は大工の見習いとして再出発した。大工の仕事は需要が多かった。庄吉は利き手の不自由にもかかわらず、よく働いた。しかし、おとなになるまで左利きで生活してきた身には右手で代用するのは相当厳しく、その作業の不正確さ、遅さをなじる者もいた。世間は庄吉の体の不自由さを不憫だと言ってくれるわりには職人技の仕事を要求した。庄吉はまともな生き方をする厳しさを四十を前にして初めて知った。こんなに頑張っている人たちを、俺は自分の感情だけで虫けらのように殺してきた。俺などどうせ地獄に落ちる身だけれども、残された人生を駒次郎の供養のため、俺が殺めてきた数限りない仏のために捧げよう。庄吉の現在の正直な気持ちを受け止めてくれそうな人間が三人いた。

ひとりは、女房の小里であった。小里は庄吉のためにできうる限りのことをした。右手でイロハを書く練習、箸を使う練習などを辛抱強く付き合ってくれた。こんなことがどれだけ役に立ったか知れない。大きな心の支えになっていた。

ふたり目は大工の親方だ。名を松太郎といった。利き手の不自由を欠点とばかり捉え、迷惑がる輩が多いなかで、松太郎というこの親方にはそうしたケチな発想がなかったのだ。松太郎は腕については何も言わなかった。そればかりか、仕事内容を切り分け分担することで簡単な仕事から庄吉に回し、一方で賃金に差を設けることで弟子たちの不満を抑え込んだ。こういう環境と親方の励ましの中で訓練を重ね、ある程度の技術の向上を見せた。

何もかもがうまくいったわけではない。むしろうまくいかないことの方が多かった。ただ、庄吉には松太郎の心遣いが胸にしみた。はじめのうち庄吉をなじっていた連中も彼の上達を認め、却って結束が深まった。

庄吉が本当に変わっていったのは、江戸に出て松太郎の下で働くようになってからであった。以下は、松太郎が引退するときの話である。

普段はどちらかと言えば寡黙な男とみられていた松太郎がこの日ばかりはよくしゃべった。この日、松太郎の家に招かれて、松太郎のお内儀が作った手料理をつつきながら盃を重ねていたときのことだ。すでに最古参になっていた庄吉が、松太郎に酌を差しに行った。

「親方、お世話になりました」

「もう親方じゃねえ。これからは普通の友達だ。松ちゃんと呼んでくんな」

「なんだか照れくせえなあ」

「いままで親方、庄吉で呼び合ってきたんだ。人間てえのは慣れないことは嫌がるようにできてる。だが、こんな簡単なことをやらないと、世の中は少しもよくならねえんだ。いいから言ってみろ。ほれ」

「親方、じゃねえや、松ちゃん、少し大げさじゃねえか」

三人目はアキである。アキに会いたい……と秘かに思った。

*

さて、カエデはどうしているのだろうか。

カエデは幼いころから、異性以上に同性に惹かれる女だった。

最初の恋の相手はなんと姉のアキであった。もっとも、アキの方にその意識は薄く、恋が成就することはついになかった。が、夢のような経験が一度だけあった。カエデから見て、アキは小柄で可愛い顔立ちだった。カエデはアキよりも少し背が高く成長も早かった。

同時に、アキは家族には優しいけれども、一歩外に出るとめっぽう喧嘩が強く、それがために十歳の時には、大黒柱として家のために身を切るような思いをひとり背負って生きてきた。あるときは家族のために強引に金を工面してくるし、またあるときは大人を相手に交渉することもあった。カエデには、そんな姉の姿が痛々しくて、そういうときには必ず胸が熱くなるのだった。

　はじめのうちは感謝で胸がいっぱいになっていた。しかし、カエデのからだの成長が、ものごとの見方をすっかり変えてしまう。

　ある時、姉が金を工面しに行って、全身にミミズ腫れのような傷を負って帰ってきたときがあった。金を工面したり、大人と交渉するとは、すなわちそういうことであったが、初めてそれを見たとき、そして事情を察したとき、カエデは全身に奇妙な疼きを感じた。

「お姉ちゃん、ごめんね。ありがとう」とつぶやくと、急に胸がうずうずしてきて、姉に気づかれないように、乳房を揉み乳首を転がしながら、感謝の気持ちを快感に変えていった。この感謝の気持ちを快感にして消費していくという奇妙な手淫の方法と考え方は、以後彼女の中に定着してゆく。自分も同じような傷を負いたい、とさえ思ったりした。

　やがてカエデはより強い刺激を求めるようになる。カエデが感謝の源としてきたアキの受けた暴力と恥辱とを求めれば求めるほど、アキに対する思いは深まっていった。次第に手が臍《へそ》の下を這うようになった。カエデは比較的早く発毛があったほうだ。茂みの中に指を滑らせて、アキの痛々しさを思いながら、自らを慰めていた。

　いつだったか、アキと水を浴びたことがあった。

「わあ、いいなあ」とアキが言うので、何のことかと思えば、カエデの股間にいつのまにか生えている毛のことだった。見ると筋肉質なアキの下腹部には、一本筋が刻まれているだけである。

「仏様にお願いしてないからじゃない？」

「カエデも耶蘇教じゃなかったっけ？」

「こ、これは仏様じゃないと効かないの！」

「わかった。で、どうすればいいの？」

「私がしてあげるよ。脚を開いて、こっちに来て」

「えーっ！　みっともない。それは恥ずかしすぎよ」

「何言ってんのよ。姉と妹じゃないの。ほら、早く」

アキは目の前で脚を大きく開いた。

「生えますように、生えますように」

カエデは繰り返しながら手のひらをアキの股間に押し当てたり、ピタピタと叩いてみたりする。アキは視線を外しているが、カエデの方は先刻からアキの顔を正面で覗いている。アキはたまらず、

「そんなにじろじろ見ないでよ、恥ずかしいじゃない」

「ダメよ。言うこと聞かないなら、もう続けてやらないから。ほら、こっち向いて」

「わかった」

アキの方もどうやらやめてほしくはないようだ。

目と目を合わせたまま、いよいよ快感が頂点に達したとき、思わず抱き着いてきたのは、アキの方だった。ふたりはぴったりと肌を寄せ合った。

だが、ふたりの間でこのことは封印され、まるで夢を見ていたかのように、これまでとおりの日常に戻り、話題にも上らなかった。どちらから言い出したわけでもなかったが、このときが最初で最後だった。

ところで、カエデもアキに劣らず、性的な行いに対して奔放であった。例えば、山裾の林の中で旅人相手にからだを売っていたとき、林の中では人が見ていようといまいと、平気で裸になった。また、堺の芝居小屋に出ようと最初に言い出したのもカエデだった。カエデは一見陽気に見えるところが、小屋では評判だった。

カエデにはツルとの間に生まれた恋があった。二十二歳になったカエデは、所用で甲賀に来ていたが、にわかに降り出した大粒の雨に、民家の軒下を借りて雨宿りをしていた。しばらくすると、その家に住むお内儀が帰ってきた。

「あら、まあ。びっしょりやないの。そんなしてたら風邪ひくで。さあ、おはいりなさい。遠慮しないで」という具合で、ずいぶん面倒見のいい人物であった。カエデはこの人物を見たことがあるような気がする。ずっと以前のことだ。だが、思い出せないでいた。そして誘われるままに、その家に入っていった。

「失礼だけど、あなたアキちゃんじゃない？」家に上がるなり、こう聞かれた。

「アキは私の姉です。私はカエデといいます」

「ごめんね、妹さんだったのね。とてもきれいだわ。アキちゃんの場合は腕白だった印象の方が強くてうまく思い出せないけれど、少しだけ面影が残っていたから、自信なかったけど声をかけてみたのよ。言われてみればちがうわね。アキちゃんは可愛いっていうのかな。でも、あなたはとってもきれい」

「ありがとうございます。あのう、ツルさんじゃないですか？」

「どうして私のことを？」

「やっぱりそうでしたか。忍びの間では、みんなの憧れです。それに、小さいころ会ったことがあるような気がします。伴先生のお宅で。素敵なお姉さまでしたわ」

「憧れだなんて、そんなたいそうなものと違うから」

「本当です。私もあこがれてます」

「まあ。それはそうと、その濡れた着物を早くお脱ぎなさい。からだ拭いてあげるわ」

「はい。むしろ暑くって汗びっしょりなんです……まさかぜんぶでは……」

「そう……ぜんぶ」

カエデがたじろぎもせずに全裸になっていくのをツルは、うるんだ瞳で見ていた。そして、カエデを背中向きに立たせ、手拭いで首から肩、二の腕まで順に拭いていき、背中を拭き終わると、腰へ向かわずに、いったん手拭いを水に湿らせて、背後から首筋、胸元へと丁寧に拭いていく。そして乳房の周りをやさしく拭いた後、うっかり乳首に触れてしまう。

「あっ」

「あうっ」

ふたりほとんど同時に声を上げた。

「ごめんね」

「いえ、私の方こそ、変な声出しちゃって」

「ううん、とても可愛らしい声だった」

ふたりは再び沈黙。

突然、後ろからツルがカエデを抱きしめた。

「ねえ。私のこと、変な女と思っているでしょ？」

「まさか。こんなことまでしていただいて、感動しています」

「こんなことって？」

「私みたいな女でも抱きしめてくださってるから」

「そんなふうに卑下しないで」

「すいません」

「謝ることじゃないわ」

「すいません」

「また、ほら」

「あ、すいま……あれ？」

「ほっほっほ。面白い人ね」

「そうですか？　よかった」

「ねえ、さっき私が最初に声をかけたとき、どう思った？」

「すごくやさしい人だなと思って、イチコロでした」

「あなたって本当に面白い。じゃあ、全部脱いで、って言ったときは？」

「変な人だなって」

「あら、私の印象といっしょね」

ふたりはケラケラと笑った。

「今日、泊まっていきなさいよ」

「でも、ご主人が帰っていらっしゃるでしょうから」

「源さんならもういないわ。喧嘩したわけではないけど、いろいろあってね。出て行っちゃったの。きっと、もう帰って来ないわ」

「それはお寂しいですね。じゃあ、何にもできませんが私でよけりゃ。その前に御用を済ませてきますね」

「ごめんなさいね。無理言っちゃって。私って昔からこうなの」

「仕方ありませんわ。私、イチコロでやられてしまったんですもの」

「強烈だったみたいね。やりすぎちゃってごめんね」

「謝ることでもありませんわ」

「ははは……えへっ、まだ繰り返す気？」

「まさか。では、ひとまず御用を済ませてきますね」

「あなた、素っ裸で出かけるつもり？」

「冗談ですよ、冗談」

（そうは見えなかったけど。ぷっ、こわい人！）

ツルは久しぶりに気が紛れていた。源八郎が家を出て十三日になる。やっぱり話さないほうがよかった。源さんのことだから責任をぜんぶ背負いこむつもりではないだろうか。ひと月ばかり旅に出ると書き残して家を出た源八郎のことが気になってしようがなかった。

それでも今日だけはそんな重苦しさから解放される。ツルは秘密多きわが身を憎んだが、カエデのおかげで新鮮な空気が吸えそうだった。

ツルはひとまずカエデを見送ったのち、夕食の準備に取り掛かった。半時もたったころ、カエデが帰ってきた気配がした。黙っているところをみると、用事が不調に終わってがっくりきているのかもしれない。

「カエデちゃん」

返事がない。

ツルは不審に思って、入口をのぞきに行った。すると入口のところですわりこみ、両手を顔に当てて泣いているではないか。

「まあ、どうしたの？」

とツルが駆け寄った瞬間、血しぶきが上がった。首から胸にかけて短刀が深くえぐったのだ。カエデではなかった。ツルが間諜をしていたことに恨みを持つ伊賀者の仕業であった。

ツル、絶命。

そして、カエデは家の裏で襦袢姿で見つかった。窒息死であった。

女が草原に足を踏み入れたころから、それまで単なる調べに過ぎなかった篠笛の音が、次第に感情の赴くままに奏者の自己主張だけがほとばしる、激しい音の世界へと変化して聞こえ始めた。それにしても見事な笛だった。今ではアキよりも巧くなったその笛から、ただ、安らぎは聞こえてこなかった。その主張のすべてが、女との再会に期待を寄せる男の心情を表現しているとは限らない。鉄片のように危険な旋律が怪しく光を放っていることを女の耳は聞き逃さなかった。

*

爺様の幹が枝分かれするところあたりに腰かけて、新造が篠笛を吹いているのが、草原に行きつく前の竹林の中からでも見えた。そしてその姿を認めたのち、忍び装束の女はゆっくりと、秋の虫たちが鳴き競う草原を歩いて近づき、新造が笛を吹いている爺様の根元までたどり着くと、長刀を鞘ごと腰から抜き取って、地面に置いた。

このいわゆる忍び装束を日の暮れぬうちから忍びが着ることは却って珍しい。何者かに化けているのが彼らの日常であるから、それにふさわしい恰好をしている方がむしろ自然なのだ。つまり、彼女は黒い忍び装束を、新造に逢わんがためにわざわざ身に着けてきたのであり、忍びとしての正装のつもりであった。

アキと新造とが出逢うのは八年ぶりである。新造は二十歳に、アキは二十三歳になっていた。アキのからだもすっかり娘から女に変わっている。これはこれで深刻な問題を抱えていた。かつてのようなキレのある敏捷な動きができるのか。今度の仕事にも言い知れぬ不安が付きまとっていた。だが、それは新造としばらく逢うまいと決めたときから覚悟していたことでもあった。

アキは二、三年ならば待つと言い、三年を過ぎると諦めると言ったし、それが約束のはずであった。だから、もし新造の心に何も変わりがないのならば、三年たたぬうちに何らかの連絡をして、いちどアキを安心させておく必要があったのだ。

しかし、さらに一年余計に待っても、新造からの連絡は何ひとつないままであった。アキの身にはいろいろなことが起きていた。フェルディナンドの国外追放処分、父との再会、そして、今回引き受けた無謀で危険な仕事……。そんななかでも、アキは新しい恋をし、信楽の大工と所帯を持った。しかし、この幸せは長く続かなかった。夫が転落事故で一年後に急死してしまったのだ。アキの足元を再び貧乏が舐めるように押し寄せてきた。このころの伊賀は、一度焦土と化してしまってから、農村は荒れ果て、労働力の大幅な不足からも立ち直れていず、忍びの仕事は回ってこなかった。アキは男装して人夫として働こうとしたが、すぐに見破られ、荒くれ男たちの恰好の慰みものへと転落していく。せめて身体をさらけ出した代償として、いくらかなりと日当の一部でも落としてくれればまだしも、そんな気概のある者はひとりもいなかった。傷心のうちに自宅へ帰ったが、難産の末にせっかく授かった子どもには、何も食べさせるものがなかった。乳の出ぬ乳首をくわえさせたまま気を失っていたアキがようやく目覚めたときには、わが子はすでに泣く力も失せて、顔を突っ伏したまま冷たくなっていたのだ。

新造はいつの間にか笛を吹くのをやめ、アキの顔をじっと見ている。アキはその視線を正面から受け、頭巾を取っているところであった。

「久しぶりやな、新造」

「やっぱりアキやったか」

新造は満面の笑みで応じてくれた。だが、その笑顔はどこか作られたものに見えた。

「これでもここには四年間、三日と空けずに来てたのに、書置きひとつなかった。爺様もだいぶん弱ってしもうたな」

新造を見ると悪びれた様子もない。

「もうあかん思うてな。遠くに行ってたわけではないねん。やっぱり、お前のことが気になってたんかな。伊賀に行ったり甲賀に来たり、その繰り返しや」

「ワシのことが気になって、てか？」

「当たり前やがな」

笑顔をつくって迎え入れようとする新造の表情に、それと逆行する侮蔑が影を落としている。まるで溶岩の流れにも似た、熱くて頑固なものが噴き出しているかのようだ。

(どうした新造。八年ぶりに逢ったというのに、どうしてお互いの成長を喜ぼうとせぬ。何ゆえにそのような侮蔑の目で私を見るのだ。私が嫁入りしたということを誰かから聞いたのだろうか。でも、それも約束したうえでのことではないか)

確かに新造は嫉妬していた。だが、それは自分の夫だった男に対してではなかった。新造はアキが嫁入りしていたことなど、知る由もない。のちになって梅五郎からその話を聞くまで、彼はその事実さえ知らなかったし、それを知ったときも嫉妬など微塵も感じなかった。新造を嫉妬させていた人物……彼もまたこの世にいない。それは駒次郎であった。

アキが見ているのは新造だけではなく、実は駒次郎の影も同時に見ていた。そのことに新造が気づいているのに、アキ自身が気づかずにいたのは皮肉であった。しかもアキは、新造が成長して顔かたちが駒次郎から離れていくことを恐れさえしていたのだ。

新造は爺様の枝から飛び降りると、アキの正面に立った。痩せて貧弱ではあるが、すっかり大きくなって、男の体型になっていた。彼は言葉もなくアキを抱きしめた。アキは懐かしい思いと同時に寂しさも感じていた。別の言い方をするなら、新造に逢えた歓びと同時に、その新造がだんだん駒次郎から離れていく失望感だった。

アキは新造に早く抱かれたかった。だが、本当に彼女が望んでいたのは、駒次郎を抱くことであり、抱かれることであった。それができない以上次にアキが夢見たのは、駒次郎に瓜二つだったころの新造と抱きあうことであったのだ。けれどももうどうでもよい。今の新造を愛することができればそれでいい、そんな気になってきていた。彼女はその投げやりさを新造には隠し通すつもりであった。

新造はアキを裸にした。日焼けした茶色い肌と日陰に甘んじていた白い肌とが、草原の深い緑に映えて生き生きとして見えた。その緑は、汗ばんだ白い肌に秋の空気を運んでくる。

アキにとって、必要でないものは捨て去ったほうが心地よかった。アキには、浴衣の袖や裾が不要であるように、世間というものもまた不要であった。世間を捨て去ったときに得られる解放感のほうがましだと思っていた。かつての新造も世間と無縁であった。ただ、それはアキとは一線を画する、似て非なるものであった。世間を捨てているのではなく、まだ世間を知らない、世間に追いついていないだけのことであった。ふたりを引き寄せたものは、世間をどう捉えているかということだった。そして、ふたりを隔てたもの、それは世間とどう向き合うかということであった。この八年はふたりにとって、片や世間を捨て去り、片やそれを身に付けていった八年だったのだ。

ふたりは、ごく普通に抱き合った。その間、ずっと新造は何も語ろうとはしなかったが、行為に気持ちが入っているふうでもない。しかし、アキの方も自分の投げやりな気持ちさえ隠し通せたならば、まずは良しとするつもりであった。

行為の間、何も語らずにいた新造がやっと口を開いた。

「アキ。今みたいなのがええのんか。ワシは少しも感じへんかったけどな」

「ええわけないやろ。少しも気持ちが入ってへんし」

「感じへんかったけど、別の意味でとてもおもろかったわ」

「どういう意味よ?」

「お前の演技の見事さに舌を巻いたってことだ」

「あれくらいのお芝居やったら、女ならみんなやってるわ。あんたの気持ちを盛り上げようとしてるだけやで」

「そっちの芝居のことは男でも大抵知ってるわ。ワシが言うてるのは、お前があることを隠そうとしてやってる芝居の方や」

「なんのこと?」

アキはしらばくれていたわけではない。この時点ではまだそこまでの頭の整理ができていなかったのだ。

「そんなことより修業の成果が見てみたいなあ。手合わせしてもええで」

「今日はやめておこう。真剣ではアキを斬ってしまいかねんからな」

だが、アキは新造が行ったという八年間の特訓の嘘を簡単に見破っていた。竹刀だこもなければ筋肉がつくべきところに付いていない。何よりも隙だらけである。こんな調子で八年間も待たされていたのかと思うと、力が抜けて腹も立たない。せめて四年で諦めただけ、まだマシであったと考えるしかない。

やっぱり、八年前と変わらぬいい加減な男だった。ただ、いい加減なりにおとなに近づいてはきているようで、頭の回転が早くなった分、始末も悪い。相も変わらず口の利き方は横柄だ。だが、すでに世間すら捨て去ったアキには、取り立てて腹の立つことでもない。

ふたりは裸のまま草の上に寝そべった。新造は空を見上げながら、何とはなさげに聞いてきた。

「お前、ワシと初めて逢うたときのことをよくおぼえてるか？」

「私もあの日のことが忘れられんのや。特にお前が『もう許してくださーい』て言うて泣いたのを思い出すと、今でも胸が痛んで、涙が出てくるわ。ほんまに悪いことしたなあ。ごめんなさい」

「その話はもう終わってるやないか。次に逢うたとき、今度はお前の方から素っ裸になってくれてたし。あとはお前が小便を漏らしてくれりゃあ、貸し借りなしや」

「あのころならやろうと思うたらできたやろ。でも、この齢では恥ずかしすぎて無理な話やで」

「ワシも実を言うと、あのころの威勢のいいお前が小便を漏らすところに立ち会いたかったわ。特に最初に遇うたときの自信に満ち溢れたお前がや。しかし、今の齢でそれをやるというのも、なかなか見ものやで」

確かにそのとおりなのだが、それを言葉にされると恥ずかしさでいっぱいになる。

「お前、なんであのときあそこにおったんか」

「よくおぼえてへんけど、カエデから勧められたんと違うたかな。『おもろい子がおったで、行ってきよし』言うて」

「そこは『おもろい子』じゃなくて、『駒次郎に瓜二つの子』て言うたんやろ?」

突然、駒次郎の名前が出てきて、アキはどきりとした。

「お前の望みはワシに駒次郎の代わりになってほしいいうことやないか」

「え?」

「お前は何かといえば駒やん駒やんやしなあ」

「何か誤解してるんと違うか」

「お前はワシに抱かれたかったんやない。ワシと瓜二つの駒次郎という男と抱き合いたかったんや。駒次郎やったら、あんなまぐわい方でも気持ちええんやろなあ」

「ひどいこと言うなあ。うちと駒やんとは姉と弟みたいなもので、そんなことありえへん。考えが及びもせんわ」

「ワシの言うてるもうひとつの芝居いうのはこのことや。お前は何とか言いくるめて、この秘密を隠し通そうしてるけどな、今度はあのときと反対で、お前が騒げば騒ぐほど滑稽に映るんやで」

「新造、少しは頭冷やして、うちの言うことも聞いたれや」

「なんか思いついたか。言うてみい」

「うちと駒やんとが知り合うたのは、堺の場末にある芝居小屋やった。もう十年くらい前のことや。芝居いうてもうちとカエデとが裸を見せるだけの中身の薄い興行やったわ。駒やんはそこでもぎりをやったり舞台のそでで太鼓叩いたり笛吹いたりしよってん。まだ、うちが十三、駒やんが十二歳の時やで。そんな小さいときからうちらの裸見慣れてるのに、何を今さらっていう感じじゃわ」

「それは、駒次郎にしてみればそうかもしれへんな。どっちにしろ、それは駒次郎のみが知ることや。今となってはいろいろ詮索しても始まらへん。問題はお前自身がどう感じていたかや」

「うちかていっしょにきまってるがな」

「お前、また大事なことを隠そうしてるやろ」

「何か言い落としていることはあるかもしれへんけど。大抵話したつもりや」

アキはこのとき新造が鎌を掛けているのではないかと思っていた。

「駒次郎がどうして死んだか話してみい」

「そうや、そこや。そこの説明が足りてへんかった」

「足りてへんどころか、お前からは何も聞いてへんで」

アキは、自分が庄吉に殺されそうになったこと、駒次郎が庄吉の腕に噛みついて逃がしてくれたこと、駒次郎は庄吉からリンチを受けてその日のうちに亡くなったことなどを話した。

「弟みたいな奴やってんけど、命の恩人でもあったんや」

「好きやってんな、やっぱり」

「好きとか嫌いとかいう話と違う、尊敬してるわ」

「ふん、尊敬とはうまく言うたもんや。恐れ入った。それにしても、ワシがいちばん聞きたいのはそんな美しい話と違うで。もっとおもろい話や。お前にとっては、駒次郎とまぐわう以上に気持ちいい経験やったからな」

どうも会話が不穏な方向に進んでいる。アキは雰囲気を変えようとして、新造に近づくとその頸と背に手をまわし、顔のあちこちに唇を這わせて長い接吻をした。新造は両の手をアキの背と腰に回し、力いっぱい引き寄せた。彼はアキが不思議なほど小さくなったように感じ、彼女もまた新造のからだの成長を感じていた。それはそのまま、互いに及ぼす心理的圧力の差でもあった。

アキにはだんだん新造を恐れる気持ちが芽生えてきた。こんなはずではなかった。結果的に八年間を棒に振った自分の方が問い詰められ、修業に励むという約束を反故にした新造の方が自分を責め立てている。

「新造、大きくなったなあ。からだもあそこもな」

その冗談には乗ってこず、新造はアキの耳たぶに唇を這わせながら、冷たくささやいた。

「ごまかすなや。今は駒次郎の話をしてるんやで」

アキは新造に抗うことができない。

「アキ。ほんまは今でも駒次郎が忘れられんのやろ?」

アキは黙って頷いた。片や新造のささやきは執拗に続いた。

「あのときワシを素っ裸にしたのは、ワシに反省させるためでもなければ、ただのいたずらでもない」

「もう言わんで」

「ワシの裸を見て……駒次郎の裸を連想したかったんやな」

「違う、違うで。そんなのみんなお前の妄想や。どうかしてるで」

「至って冷静やで、ワシは。さっきから大声出してるのは、お前ばっかりやで」

「おまえがひどいことばかり言うからや。うちが駒やんの裸を思い出したいからやなんて」

「思い出すやと？　ワシは連想するて言うたんやで。それじゃ、お前と駒次郎とは出来ていたんやな」

「違う、違うんや。駒やんが庄吉に裸にされたことがあったんや。それが目に入っただけやで」

「じゃあ聞くけどな、お前はそのとき裸とちごてたんやな。駒次郎は勃起してなかったんやな」

アキは言葉に詰まった。

「なんや、お前は自分に都合の悪いことをまた隠そうとしてたんかい。お前、ワシよりたちが悪いな」

アキはうつむいたまま黙り込んでしまった。

「ワシもな、ひとつだけ大事なことを隠してたんや。お前な、どうしてワシが庄吉のことを知ってるのか、不思議に思わなんだか」

言われてみればそのとおりである。

「実はな、ワシがお前に笛を作ってもらいよるとき源吾と庄吉に襲われたことがあってん。ずっと前やったしワシも忘れてたんやけどな、修業に入ったその年に庄吉がひょっこり現れよった」

「庄吉が？」

「せや。いったい何をしに来たんやろて思てたらな、ワシを襲った時のことを謝りに来た言いよる。もう、びっくりやわ。それでそれまでの成り行きを細かく聞きただしたというわけや」

アキはしばらく考えていたが、やがて顔を両手で覆ったまま、

「どうしたら赦してくれはる？」

「ふしだらなもんは仕様がない。許したる。その代わり、ワシの言うとおりにするんや。今度は気持ちを込めてするしな。ええな」

新造はアキを四つん這いにさせると、平手でその尻をピシリピシリと叩いた。アキは目をつぶったまま、じっと耐えている。次に背後からアキの乳首をつまみ上げ、

「なんちゅうふしだらなやつや。乳首立たせやがって」

アキは泣きながら、ごめんなさいを繰り返した。こうしてアキは自分の弱さに少しずつ酔いしれてきた。青空の下、全裸で恥ずかしい体位を求められるがままにしたがうという快感。その圧倒的な弱さ！

アキは地面にひれ伏し、新造の命令で尻だけを高く突き上げる。そこに中腰になった新造が、あえて挿入を控えて擦りつける。アキは我慢も限界にきて、腰を振って挿入を要求する。だが、新造はつれない。

「自分で入れてみいや。手を使ったらあかんで。尻だけを動かして入れるんやで」

アキの尻が卑猥に動くのを見て、新造は興奮した。まして、不規則にぶつかったり離れたりしながら、しっとり濡れた部分が、新造のそそり立ったものを探す、一途なだけに、かえっていやらしく見えるそのさまは、ほかの誰にも見せたことのない痴態であるにちがいなかった。しかも、相手はかつて伊賀中を震え上がらせた一匹狼のアキなのだ。新造の興奮もいよいよ最高潮に達し、そのイチモツは隆として天を仰いでいる。

(ワシはアキのいちばん肝心なところを思いどおりにしてみせた。それほど垂涎の的になっているアキの痴態をワシが独占しているのだ)

しかし、新造はこのとき大きな誤解をしていた。それはお互いの芝居じみた役どころを事実と錯覚していたのだ。つまりアキが自分にひれ伏したということを即興芝居の一部とは考えなかったところに誤解があった。秋のやわらかな陽ざしが木の葉に遮られるなか、ふたりは深々と挿入を果たした歓びに浸った。総てはこの瞬間のために、即座に演出したものだったのだ。

アキには新造の次の言葉が耳に貼りついて離れない。

「なんぼ駒次郎でもここまでのことはでけへんかったやろ。なにしろ自分で股ぐらを動かして、ワシの反り返った剣を自分の身も反り返らせて、股ぐらの鞘の中に収めよったんやさかいなあ。ワシの勝ちや。アキはワシのものや、ワシの思いどおりや。頭さえ使えば忍術も剣術もいらんわい、庄吉の良心をも無駄にせんかったワシの勝ちじゃ。はっはっは……」

アキに殺意が走った。

＊

あくる夜、作造は梅五郎とアキとを自宅に招待した。作造とアキとの面識がなかったからである。本来なら伊賀から甲賀へ依頼してきた話であるからには、梅五郎かアキの住居で行うべき筋合いのものだが、幼なじみ同士であるユキがアキに会いたがっていたため、作造が気を利かせたものだった。もちろん、決行のときにそなえた打ち合わせを兼ねている。

座敷で、作造、梅五郎、アキの三人が円座を組み、ミツとユキそして新造の三人が隣室で打ち合わせが終えるのをまっている。十五歳になった武造は庭でシズと組手の練習に余念がない。このような日常の中で新造は自分が二十歳になるのにまだ一人前と周囲から見てもらえないことに寂しさを感じていた。

八年前、作造から大人の一員と認めてもらったものの、その後は鳴かず飛ばずで周囲を失望させていた。作造以上に落胆していたのはシズであった。一体、新造には周囲の期待感というものがわかっていない、そう思うのだ。それに比べると武造の進歩は著しかった。

打ち合わせが終わって座が一瞬緩んだすきに、アキはユキやミツとの再会を喜んだ。シズと武造は料理を出したり酒を用意したり忙しそうに立ち働いていた。そんななかで新造は身の置き所に迷っていた。

体裁が整い、全員が座に就くと梅五郎が作造に礼を言った。

「作造殿、何から何までかたじけない。本来なら拙者が……」

「まあ、もうよいではござらぬか。それより私も含めて家族を紹介させていただこう。私は作造と申しておりますが、正式には芥川作右衛門と申しまする。若いころ伊賀の服部半蔵殿の下で修業に励みこの道に入り申した。今回はその折のご恩に報いるつもりでござる」

「半蔵殿の下で学ばれたとは驚きでござった」

「なに、若いころ伴殿のつてで紹介を受け、三河にお世話になり申した。それだけのことでござるよ。梅五郎殿こそ半蔵殿とは懇意なのでは？」

「拙者にとっては鬼の半蔵でござるよ、はっはっは……」

引き続いて作造は家族を紹介した。

「ならば、アキ殿のことを。倅が相当ご迷惑をかけておるそうじゃが」

梅五郎はちらりとアキの方を見た。彼女はまるで他人事のように涼しい顔をしている。

作造は新造の方を見た。こちらの方は顔面蒼白になっている。新造はいまだに父親が恐ろしい。ただ、作造にしてみれば新造が篠笛をつくってもらったり、吹き方を指導してもらったりしたことを言っているに過ぎなかった。

わずかな沈黙ののち、梅五郎がしゃしゃり出た。

「まず拙者の方から説明いたそう。このアキは、女ふたり男ひとりの姉弟のいちばん上でござる。父親の拙者が言うのも口幅ったいが、忍びとしても剣術の方も相当腕がたちまする。拙者はアキ以上に腕の立つ者としては、服部半蔵、塚原卜伝など数名を知るのみでござる。但し、これは私の見立てにすぎませぬ。しかもアキの名を知る者は意外に少ない。だからこそ今回の仕事にはうってつけと考えた次第」

「なるほど」

「されば、後はアキの方から申すがよい」

「改めまして、アキと申します。日ごろからこの界隈では父がお世話になっていると伺うております。私に関する紹介を父が申しました。大方はそのとおりでございます。ただ、服部半蔵様、塚原卜伝様の名を汚すつもりは毛頭ございませぬが、勝負事はやってみませんと。同様に私が無名のものにころりとやられてしまうこともまたございましょう」

「これは一本取られ申した」

梅五郎が苦笑した。

新造は、あのアキが作造らを前にしながら一歩も引かずにいることに対して、奇妙な優越感に浸っていた。自分はこの女を抱いたのだ。しかもその秘密は、自分とアキしか知らないのだ。しかし、こういう優越感こそはアキにとっては塵ほどの意味もない、つまらぬものであった。新造がこのような次元にとどまっていたなら、もう見向きもされなくなってしまうにちがいなかった。いや、それどころか、優越感もろとも叩き斬ってやろうとさえ考えていたのだ。新造にとっては何かの始まりのようであっても、アキにとっては終わったことでしかなかった。前日のことは、新造が自分に屈辱的な交わりを求めてきたからそれにのったというだけにすぎない。新造は単に回りくどい芝居をさせただけなのだ。この解釈の違いは、世間に認められようとしているのか、それとも世間そのものを捨てて生きているのかという違いであった。

酒肴の席が盛り上がりを見せてきたころ、さらに孫七と徳兵衛、それに少し遅れて弥助が酒と肴をぶら下げて訪れた。

このころになると武造は寝入ってしまっていた。一方、シズはミツとともに酌方にまわっていたし、アキはユキとの談笑に花が咲いていたため、新造は手持無沙汰であった。そこへシズが来て、

「新造、ええか、いまから旦那衆に酌して回るんや。ええか、愛想ような。それがひととおり終わったらな、アキさんに酌してこい」

そう言ってにんまりと笑った。

（姉さん、おおきに）

言われたとおり、旦那衆に時間をかけて酌をして回り、いよいよアキのところへと思ったところ、肝心のアキがいない。厠にでも行ったのだろうか。仕方がないので梅五郎に酌をした。そこで初めて新造は、アキが二年前にいちど嫁入りしたことがあったという話に聞き及んだ。夫が事故死したため、わずか一年しか続かなかったようである。せっかく授かった子も、出産してひと月ともたずに亡骸となった。そういう過去については、おくびにも出さないアキのことを思うと、新造は自分ひとりだけが子どものままでいるような寂しさが一段と増すのであった。

「ゆっくり生きたらええ。生き急ぐことは要らへん。それが新造の生き方や。なあ」

そう言うと、梅五郎は新造の背をポンとたたいた。そしてこう言った。

「八年やそこらで答えが出せんでも気にするな。あと二十年で答えを出せばいい。それでも無理やったら、さらに五十年。要は考え続けるかどうかじゃ」

「はいっ」

ツルと同じことを言うので、新造は少し驚いた。初めて話をするわりには、梅五郎の言葉はひとつひとつが温かさにあふれ、新造の心に浸みた。だが、話の核心が実はここから先にあったということを新造は知らない。

「それからな、アキのことは……」

気がついてみると、ユキもシズもいなくなっている。新造はそうっと座をはずした。

一方、梅五郎の喋りはまだ続いている。

「アキのことはもう諦めたほうがいい。でないと、お前はあいつに斬られてしまうぞ」

新造は庭に出てみた。月が出ているので結構明るい。三人とも庭に出ていた。そのうちひとりがゆっくり当て身の実践例をあとのふたりに説明しているらしい。説明しているのはアキであった。腕の立つユキとシズに教えているのが凄いと新造は思った。

「あ、新造や」ユキが叫んだ。

「裸にして逆さに吊るしたろうか」シズが言うと三人で笑った。いや、正確には笑ったのはユキとシズだけで、アキは表情を崩したものの、笑うことはなかった。

「そろそろ中に入ろうか」

ユキに促されて、三人は座敷に向かった。途中で待っている新造を拾って四人になった。新造はアキの右隣を歩いたが、アキは黙ったままで指を絡めてきた。新造はその顔を見てみたが、彼女は視線を合わせようとしなかった。そればかりか実はこのとき新造の手を振りほどいて、脇差の鯉口を切っていたのだ。そのことにたまたま気がついたユキがそっとアキの右手のうえから手を重ね、きわどいところでことなきを得た。シズもそのことに気がついて驚いた表情をしていたが、何も気づかずに夢のような心地でいたのは新造ばかりであった。

座敷に戻ってみると、秀吉の治世についての議論が盛んにおこなわれていた。

「処分によって甲賀郡から武士たちが姿を消していくのは、一面寂しいことではありましたわい。明日は我が身かもしれんからのう」

「梅五郎殿。秀吉公が外国に対抗するために日本を統一し、厳しいお触れを出していることはわかった。しかし、だからと言ってどうして三成殿の暗殺という話になるのか、そこがわからんわい」

「シッ！　どこに耳があるかわかりませんからな」と作造がたしなめると、梅五郎が声を抑えて言った。

「もちろん、この暗殺を企んでいるのが徳川方というのはあります。しかし、それだけであれば大した話ではござるまい。秀吉公と家康殿との仲は一方では犬猿の仲を演じながら、他方では互いを認め合っているという、戦国の世を駆け抜けてきた一流の武将同士の呼吸というか、並の者のありふれた感情では測ることのできない深みに達しているようでござる」

「というと、秀吉公は三成殿よりも家康殿を買っていたということですか」

「それは極論というものです。そこまでは言うつもりもありませんよ」

「それはそうと、作造殿。お手前が恩人とされておる伴源八郎殿が亡くなったと聞きましたが

「……」

「えっ？」

孫七のこの話に作造と新造とが同時に息をのんだ。徳兵衛も伴の死を惜しんだ。

「亡くなられたか。臥せっておるとは聞いておったが……」

作造は、伴が病気であることすら知らなかった。

「病気でござったとは……」

作造のつぶやきが沈黙を誘ったが、弥助が実に言いにくそうに沈黙を破った。

弥助は源八郎の弟子として出入りしていたころから、ツルのよき兄貴分としてさまざまな相談事を聞いてやっていた。それは大人になってからも変わらずにあった。そんな間柄であったことは、大抵の村人の知るところとなったため、弥助からの情報は特に信ぴょう性の高いものとして受け止められていた。

「実は病気で亡くなったんじゃないそうです」

話を聞いていた全員の目が光った。

「確かに病で臥せっておいでだったのは事実ですが、真相は家を出て腹を召されたそうで」

「な、なんと」

ツルとカエデの非業の死については、全員が憚ったため話題にもあがらず、新造はまたしてもおくれを取る結果となった。

まもなく客人は帰っていった。

*

あくる日から梅五郎ら三人は、半蔵の指導のもと、より実戦的な訓練を繰り返した。

しかし、その前に片づけておきたい仕事があった。半蔵からの知らせによると、石川村の五右衛門が執拗に梅五郎の生命を狙っているという。アキにはむしろこちらの方が難しい気がした。

五右衛門は、まだ若いが天才肌の殺し屋で、これまでに仕事で殺めた者の数は五十名を超え、他を圧倒していた。

実は五右衛門についてわかっていることといえば、たかだかこれくらいのもので、梅五郎でさえも顔を知らない。まして声も身の丈も皆目わからない。アキ同様、幼いころから盗賊の一味だったともいわれる。変装が得意という話も聞くが、本当のところはわからなかった。

ただひとつ、最近、噂になっていることがあった。織田との戦のさなかに、こともあろうに五右衛門は師である百地丹波の若女房と恋に落ち、駆け落ちしたという。丹波は伊賀と織田との戦いを見届けた後、投降先の柏原城で織田軍により斬首されたとも、紀州へ落ち延びたとも言われる。丹波の遺志を汲んだ忍びが全国に散らばっていて、言うまでもなく、五右衛門の裏切りを快しとしない者もまだ沢山いた。

そこで五右衛門は梅五郎と同じことを考えた。土産を持って帰ろうというのだ。梅五郎の土産は伊賀から二百名を幕臣へ迎え入れるということであったが、五右衛門は梅五郎の首ひとつに過ぎない。梅五郎の首を取れば、確かに先に送り込まれて返り討ちにあった三人の刺客への弔いにはなる。問題は、その土産がどれだけ多くの伊賀者たちに歓迎されるかなのだ。梅五郎の首を取れば、二百人の幕臣への途も断たれる。伊賀衆にとって今さら梅五郎の首などに関心はないはずだ。

だが、算盤《そろばん》の弾《はじ》けぬ五右衛門ではない。彼はこの矛盾を解くツボを押さえていた。三成暗殺は当然ながら極秘で行われるはずだ。つまり、幕臣へ召し抱えるという話もそれまでは伏せられる。その間に梅五郎を始末すれば、そもそも幕臣にという話など始めからなかったと同じことになる。さらに三成までこの手で暗殺すれば、半蔵の顔をつぶすこともでき、願ったり叶ったりということに気がついたのだ。

五右衛門がいかに腕の立つ忍びであろうとも、だれかわからぬ相手に四六時中生命を狙われ続ければ、精神に異常を来たす。五右衛門自身もこれを避けたいがために、一刻も早く梅五郎の首を差し出し、ことを収めたかった。

梅五郎としてもこの件は、単に三成暗殺の試金石として位置づけるには、あまりにも荷の重い相手であった。早いうちに片づけて、三成に集中したかった。公儀にしてもかつて盗賊として市中を騒がせた、五右衛門のような危険な男をいつまでも市中に放り出しておくわけにはいかなかった。他方で梅五郎に対する身辺調査も着々と進められていた。

三者三様の思惑が交錯したのは六月のある激しく雨の降る夜だった。大岡山山麓の武家屋敷は水口岡山城に勤める役人たちの住まいとなっている。梅五郎は武家屋敷を避けて、あえて町人用の長屋住まいをしていた。今は安らかに暮らしている梅五郎だったが、鼻の利く五右衛門であれば、すでに梅五郎の住まいくらいは見つけ出しているはずだ。ならば自宅に呼び込んでそこで始末をつけようと考えた。

屋根の上にアキを、物陰に作造を忍ばせて三日目。入口の戸を激しくたたく音がする。

「北山殿、起きられよ。大変でござる。城に賊が入った模様。急ぎ参られたし」

「相わかり申した。ご苦労にござる。で、そのほうの名は？」

「失礼した。神辺九十郎と申す」

「神辺九十郎殿か、今の様子は？」

「城内に潜んでいるものと思われる」

「九十郎殿」

「まだ何か……」

「すまぬが、……してくれぬか」

「何と申された。聞こえぬ。ここをあけられよ。無礼であろう」

「失礼した」

梅五郎は板戸に掛けた横木をそっと外して、思い切り戸を開けた。板戸の向こう側には、頸から上のない男が抜き身の刀を持ったまま立っている。足元には五右衛門と思しき者の首が雨に打たれて転がっていた。傍らには作造が血の付いた抜身の刀を持ったまま立っており、屋根の上からはアキがふたりを見下ろしていた。そもそも神辺九十郎なる人物は、城中にいなかったのだ。かくして、五右衛門の正体はあっさりと見抜かれ、殺人ほかの嫌疑で手配書が出回っていたこともあって五右衛門の骸を梅五郎が京都所司代に引き渡すということで、落ち着いたかに見えた。

ところが、この男は五右衛門などではなく、城外の者で神辺九十郎という歴とした同心であった。まずまず腕の立つ侍であったが、雨のために背後に忍び寄る作造に気がつかなかった。

実は九十郎がやって来たのは、北山を名乗り間諜として活動していた梅五郎をおびき出して捕えるつもりであった。梅五郎が間諜であることはすでに露見していたのだ。そうとは知らぬ作造は、九十郎を五右衛門と勘違いして斬り捨てるという失態を犯してしまった。

さて五右衛門という男は用意周到であった。梅五郎を暗殺するのに家族や知人を調べ上げた。いくら五右衛門が天才的な使い手であるとはいっても、この三人を相手にまともに勝負したところで勝てるわけがない。ここは一計を案じる必要があった。彼が目を付けたのはアキであった。彼はアキならば確実に殺せると思った。理由はアキが耶蘇教に入信したものと思っていたからだ。人を斬るのに一瞬でも迷いがあれば、それは死を意味する。アキを殺してまずその手を封じ込め、さらにアキに成りすまして、隙のできた梅五郎と作造に対して飛び道具で殺すという作戦を立てていた。

五右衛門は暗殺の天才の名をほしいままにしていたが、女装を得意としていた。小柄で声音を自由に変えることができた彼は、アキそっくりに化粧をして長屋の付近に潜んでいた。雨で化粧が落ちないうちに手早くやってしまわねば……五右衛門は頭の中で手順を何度も反復した。

一方、アキはもとより、作造と梅五郎にも、五右衛門がこんなにたやすく殺られるわけがないという思いは当然あった。この程度の相手ならば、梅五郎がとっくに始末していたはずなのだ。暗闇のなかでよく見えずにいた首を確認し、年齢的にそれが五右衛門でないと知ると、急に寒気がしてきた。梅五郎や作造ほどの手練れでも恐怖を感じていた。

「くそっ。刀を抜いていたから、拙者はてっきり五右衛門かと」

「いや、おかげで命拾いいたした。それにしてもこの男はいったい誰であろう」

屋根の上にはすでに五右衛門が上がっていて、アキの背後から吹き矢の狙いを定めていた。激しく雨の降る中で、吹き矢の矢を思いどおりのところに命中させるのは非常に難しい。一瞬、五右衛門は今日の道具に吹き矢を選んだことを後悔したが、気持ちを切り替えて集中させた。毒の塗られた矢が音もなく放たれ、アキの腰に命中し、アキはしばらくバタバタとからだをひきつらせたあと、急に静かになって動かなくなった。命中した箇所が腰というのが致命的と言えた。唇が届く箇所なら毒を吸い出せもするが、腰はそういうわけにはいかない。ぐったりとなったアキを尻目に、五右衛門は入り口から家の中に入った。

「意外とあっけなかったわね」

誰が聞いてもアキの声だった。だが、梅五郎は何か違和感を感じた。

そのころ、中村一氏の手下と思しき人物が与力一名と同心数名をともない、武家屋敷に向かっていた。同心たちは手に手に手拭いをかぶせた提灯を持ち、あるいはサスマタをもって、ほとんど口も利かず駆け抜けていった。梅五郎の家の前に着くまでには、ひどい雨にもかかわらず、三度の飯よりも捕り物に心惹かれる好き者たちで膨れ上がり、家の前は黒山の人だかりができていた。

家の中では、作造が吹き矢を背に当てられ、アキと同じようにひきつけを起こしたところだった。そのあと、あらぬ方向を向いて瞳孔を開いたまま静かになった。

五右衛門が次の矢を諦め、脇差に手を伸ばした瞬間のわずかの隙をついて梅五郎は体当たりを食らわせ、間髪を入れず顔面を思いきり蹴飛ばした。

一対一の勝負では勝ち目がないと踏んでいた梅五郎は、そのまま家の外に出て逃げようとした。

ところが家の外は、ずらりと城中及び京都所司代の手下が取り囲んでいる。城から駆け付けたのは老中倉掛仁左衛門と与力木田兵庫。さらに京都所司代下から同心が六名だった。与力の木田は近畿界隈でも十傑のひとりと数えられた剣の達人であった。

倉掛仁左衛門の他を圧するような声が雨音を突き破って梅五郎の耳の奥に届いた。

「井上新之助こと桂梅五郎。そなたが伊賀の間諜であるという嫌疑が固まった。悪いことは言わん。これ以上死にびとを出すな。間諜とはいえ、六年近くもワシのもとでよく働いてくれた。特に検地の折は熱心に説得にあたってくれたがのう。ワシはおぬしのことを忘れはせぬぞ。しからば神妙にお縄を受けい」

梅五郎は自分の生涯が終焉を迎えたことを悟って、おとなしく縄に着いた。

この間、木田が家の中に入り、五右衛門と向かい合わせとなった。木田は五右衛門を捕縛することは難しいと考え、あくまで斬るつもりでいる。五右衛門はこれを迎え討つと見せかけて、うまく逃げることができればよいと思っている。梅五郎の首が取れなかった以上、もう戦いは無駄なことだった。まず五右衛門が表に出ると、それを追って木田が出て来る。そのまま雨でぬかるむ表のとおりで滴る雫をものともせず睨み合っている。雨で五右衛門の女装が崩れた姿は異様であった。

雨がひときわ激しくなってきたとき、突然五右衛門が膝を落とした。続けて、まるで何者かに踊らされているように右を向き左を向いた。アキが最後の力を振り絞って、石を投げたのだ。すると野次馬のひとりが五右衛門に投石した。続けてあちこちから投石が始まった。五右衛門は最後に大きく雨空を仰いで倒れた。目が開いたままだ。顔中から血が噴き出している。

アキが屋根の上から投じた石礫《つぶて》は、続けざまに五個すべて顔面に命中していた。続けて野次馬たちの投じた石も当たって、五右衛門は虫の息になったところを捕らえられた。

アキは野次馬たちに助けられ、一命をとりとめた。五右衛門の放った矢は、運良くアキが腰に結わえていた篠笛にいちど当たってから、アキの腰をかすったために浅手で済んだ。そして、一段と激しく降り出した雨が五右衛門の上向きへの視界を遮り、アキの屋根上からの攻撃を可能にしていた。

老中倉掛仁左衛門のせめて切腹にとりなすようにとの願いもかなわず、梅五郎は翌日の夕刻に打ち首となった。処刑場には村からも多数集まり哀しみに暮れた。一方、五右衛門は七条河原で釜茹での刑に処せられた。

村人ならずとも、野次馬たちはみんな知っていた。北山新之助こと桂梅五郎がどれだけ熱心に国政を語り、民衆の心をひとつにしてきたかを。北山の話を聞いた後は、それぞれの行政上の施策に対して民衆から協力の意思表示がなされていた。

常々、梅五郎は秀吉の着想のすばらしさを十分認めたうえで、実施段階でのやりかたの拙さを痛感していた。自分が秀吉の立場なら、あんなに焦ってものごとを進めたりしない。もっと民衆を大事にして丁寧にやると口にしていた。

父を喪った傷心から、アキは旅に出た。父はやっぱり偉かった。そして二度と伊賀に帰ることも、甲賀に赴くこともなかった。


やはり父を喪った新造は、爺様のもとを訪れた。ひとつはアキに直接会えるのではないかと期待して。もうひとつは、アキの心境を爺様に聞きたいからであった。

アキはいなかった。その代わりに別の人物が爺様によりかかるようにして、ひとりぽつねんと座っていた。源吾である。髭と髪は伸びるに任せ多少やせたようではあったが、新造の眼にもすぐに彼と知れた。源吾が盗賊から足を洗い、子分の連中もどこかへ行ってしまったことを新造は生前の父から聞いていた。

「お頭……」

新造は源吾の隣に座ると、かつて格闘したこともある相手をそう呼んだ。源吾は新造を見てちょっと驚いたようであったが、懐かしがるように目を細めてうなずいてみせた。

しかし、口を突いて出た内容はいくぶんか唐突であった。

「お前は耶蘇教に詳しいか」

「詳しくはないねんけど、アキから少しくらいなら聞いてるで」

「あのな、その神様っていうのは、役に立つんか？」

「役には立たねえと思う。それよりもありがたいんとちがうか？」

「そこがどうもわからへんのや。役にも立たねえものがどうしてありがたいんか？」

「みんなでお祈りしていたらわかったような気になってくるで」

「お前はわかったんか」

「わからへん」

「なんや。わからへんのけ」

新造はうつむいたまま、思い出したかのように尋ねた。

「お頭、アキを知らへんか」

「あそこの家族はな、みんな伊賀から出て行ってもうた。みんないうてもアキと文三だけだがよ」

「カエデは残ってんのか？」という新造の顔を不思議そうに見て、

「カエデはよ……死んだ……ツルも」

新造は息をのんだ。

「俺はな……ツルがガキのころから知ってる。あいつ伊賀の忍びに殺されたんだと！　くそォ！」

そう叫ぶと草を引きちぎり、しばらく黙り込んだ。

それから源吾は独り言のように話し出した。

「ツルも若いときはアキにそっくりやったで。家出したりして伴の旦那を心配させたもんや。歩き巫女をしていたそうや。ところが、みんなと喧嘩してもどってきよった。へへっ」

自分には知らないことが多すぎると新造は思った。

＊

それからおよそ四十年が過ぎた。

その間、慶長三年八月十八日には豊臣秀吉が死去している。石田三成はその後、関ヶ原の戦いに敗れ処刑された。

秀吉が行った施策の数々は、基本的に徳川幕府によって継承された。秀吉も家康もともに時代を超越した合理性を身に着けていた。

ふたりに共通していたもの、あるいは家康が秀吉から学んだもののうち、最も画期的であったことは、本格的な国防という概念を初めて確立したことであった。国防上、民衆にまず求められるのは、国の外にはまた別の国が存在するという常識、ときにはひしめくがごとく、またときには広大な大地とともに、多様に存在することを知ることであった。

そしてそれらの国々はいずれも発展の過程にあり、常に友好的とは限らない。いや、むしろ多くの国々が侵略国家であった時代があって、欧羅巴の国々、ことにスペインとポルトガルは植民地競争を展開していくが、そのことにいち早く気がついたのが豊臣秀吉であった。

欧羅巴列強の関心は当然日本にも向けられた。一四九四年のトルデシリャス条約および一五二九年のサラゴサ条約、これらの二国間条約のもとで線引きされた結果、日本はもっぱらポルトガルの干渉を受けることとなる。

そもそも、各国が植民地主義を推進した理由は、各地で銀の富鉱が発見されたり、サトウキビなどのプランテーションで多くの富を得たりという経済的利益が期待されたからであり、本国が植民地を上回る軍事力さえ持っていれば、それらの利益を横取りすることは可能であった。

スペインの場合、植民地側に強力な敵国が存在せず、本国からの入植が比較的容易であったため、アステカ帝国やインカ帝国といった先住民国家は滅ぼされ、内陸部まで本国人が進出していった結果、先住民に対する過酷な収奪が行われた。このような圧政と病気の流行などが原因で、先住民人口は急激な減少に転じた。この減少した人口・労働力を補うためにアフリカの黒人がポルトガル人の手によって奴隷として売買された。また当然ながら本国からの植民も行われたから、植民地は全体的にスペイン化していった。

他方、ポルトガルは本国の人口が少なかったうえ、強力な軍備で武装し政治的にも安定したアジアやアフリカがおもな植民対象地域であったため、内陸地域まで力及ばず、沿岸都市を占領し、城塞を築いて点と線を確保していったが、広がりを持つことができず、やがて対抗勢力に拠点を奪われ、ブラジルやアンゴラなど一部を除いて喪失する。

秀吉が危険視したのは、うわべの慇懃《いんぎん》さとは裏腹にポルトガルが人身売買に積極的なことと、何よりも知らぬ間に長崎をイエズス会の領地としていたことであった。そしてそうした懸念は、死後四十年を経た寛永十四年十月二十五日（一六三七年十二月十一日）九州において内戦の勃発として現れる。

話は変わるが、秀吉と家康とでは忍びへの遇し方が異なっていた。信長の下で伊賀衆の執念深さを経験した秀吉と、かつて人質として今川家に育ったころより甲賀衆の厚い信頼を受け、本能寺の折は半蔵指揮下の伊賀者、多羅尾光弘指揮下の甲賀者に助けられた家康とでは違って当然の話である。片や秀吉は懲罰や懲罰的な政策によって忍びの動きを封じてきた。すなわち処分によって甲賀の小規模領主層を没落させてきたし、また政策としては全国的に兵農分離や刀狩令、喧嘩停止令、惣無事令《そうぶじれい》などを矢継ぎ早に繰り出し、忍びだけにとどまらず多くの武士や武装した農民を追い詰め、力を奪っていった。

他方、家康の方は伊賀から二百名、甲賀から百名を幕臣に取り立てて、警護の仕事等に従事させたが、彼らは次第に旗本化していき、忍術もほとんど使われることなく廃れていった。

ただ、たったいちど在野の甲賀衆に託された大仕事があった。島原天草一揆の鎮圧がそれである。

寛永十四年の十月下旬、肥前国島原藩の大名松倉勝家のもとには藩の内外からいくつもの報せが入って来ていた。島原や天草でキリシタンの「立ち帰り」が頻発しているという。「立ち帰り」とは、一旦迫害に屈して棄教した元キリシタンが再度改宗して現役のキリシタンに戻ることをいう。多くの元信者たちが棄教ののち十年近くたってから「立ち帰」っていた。当初、島原藩では大きな問題としてとらえていなかったのだが、二十三日に入った次のような報せに愕然とする。有馬村の三吉と角内という百姓ふたりが天草の大矢野に行って「益田四郎」（天草四郎）の絵像を授かり、村に持ち帰って布教を行うための会議を開いた。村人たちは引きも切らず集まって、その日だけでも七百人余りの男女がキリシタンに立ち帰ったという報せであった。

翌日、有馬村の代官本間九郎左衛門は、ふたりをとらえ島原城に連行した。これから処刑されるというのに、ふたりとも実にすがすがしい表情をしている。

「お前たちは怖くはないのか?」

「どうして恐れる必要がございましょう。むしろ喜びで胸がいっぱいでございます」

三吉の言葉に、角内も微笑してうなずく。あながち強がりにも見えない。まもなくふたりは処刑され絶命した。最後まで涼しい目をしていた。

ふたりの処刑にもかかわらず見せしめの効果は薄く、キリシタンたちは集会をやめようとしない。三吉と角内はもはや「天上し、自由の身になった」として礼拝はつづいた。

これを解散させんとして当地に向かった松倉家の代官林兵左衛門らをキリシタンたちは殺害し、蜂起する。彼らは村々へ触れ状を廻して、異教徒とその支持者である僧侶・神官・代官らを殺害するよう訴えた。これに呼応したキリシタンらの手によって口之津、加津佐などで殺害が行われた。

本間はかろうじて船を使って脱出に成功する。彼は有馬村に向かっている松倉家の家老岡本新兵衛らの一行を見つけた。

「ご家老!」

大声で呼び止め、船を浅瀬に止めると、駆け寄った。あまりにも慌てた様子なので、一同は注視している。

「ご家老、有馬村は危のうございます。キリシタンどもは林兵左衛門殿を殺害し蜂起しており、村では村人たちが弓や鉄砲で迎撃の態勢を整えております。島原方面でも火の手が上がっているようで、ここはいったん城の方に戻った方がよろしいかと……」

「この程度の兵では足りぬと申すか」

「お恐れながら、並みの一揆とはとても思えませぬ」本間は一揆の様相の違いを感じ取っていた。そこで一揆勢の特徴を説明した。

「相わかった」それでも岡本は規模の違いと解釈しているようである。

新兵衛は同行の者たちに島原城へ戻るように命じた。

「とんとわけがわかりませんな」

「年貢の件ではないのか」

「年貢の件でも飢饉が原因というわけでもなさそうでござる」

「何か求めがあるであろう」

「それがいまだに何も言うてまいらんのです」

「なんと。それではただの戦と変わらぬではないか」

「そのつもりかもわかりませぬ」

当初は藩側も重税や飢饉に対する抗議か対策を要求する趣旨と思い込んでいた。そもそも一揆とはそういうものである。ところが実際はどうも教義によるものが中心と疑われ始めた。それはこの一揆が、内戦であることを意味し、幕府か一揆側のいずれか一方が倒れる以外に収束の途がないことを意味する。背後にポルトガルの影が見え隠れしていた。

一揆勢の蜂起は方々に広がっていた。二十六日早朝、有馬村から中木場村にかけては七か村のキリシタンたちが蜂起し、城下へ押しかけた。

城下の住民には元キリシタンも多かった。それはかつて有馬晴信が統治していた歴史ともちろん無縁ではない。町民たちは意外な申し入れをしてきた。町の代表が本間に会い、こう言ったのだ。

「町の衆で話し合った結果、私どもは藩と共に戦い、そのほか藩に協力を惜しまず、この勝利に貢献したいとの所存でございます。ついては、戦闘の場でもお手伝いしたいので武器をお貸しいただきとうございます」

「何を申す。お前たちの中には一度はキリシタンであった者が大勢おると聞いておる。身の程をわきまえよ」

「私どももだてに話し合いをしたわけではございませぬ。裏切ることのないよう、人質として妻子をお預けするつもりでございます」

「気持ちだけはありがたく承っておく」

「私どもはお侍様方に気を使ってこのように申し上げているのではございませぬ。評議のうえ決まったことであるから申し上げております。あえて言わせていただきます。お侍様方だけでこの戦に勝てるとお思いか」

「なんと」

「キリシタンを甘く見過ぎでございます」

「無礼な」

「無礼はもとより承知しております。有馬村では、すでに村民が迎撃態勢を整えつつあるとか。すでに城下は一歩も二歩も出遅れておりますれば、一刻も早いご決断を」

本間は思わず刀の柄に手をやり、いままさにそれを抜かんとしていた。

(いや、待てよ。ここは拙者のような門外漢が下手に動くよりは、手慣れた町奉行の判断に任せた方が賢明であるやもしれぬ)

実際、すでに町では町奉行の采配により、いち早く町の別当や乙名《おとな》たちを糾合し、一揆に対する防備を固めていた。武器を貸してほしいとの申し入れに対しても、多少渋ってはみせたものの、切り替えが早く、人質を城の三の丸に入れたうえ、鉄砲、長柄などを貸し与えていた。

こうして島原藩は、翌日にはキリシタン討伐軍を繰りだした。

幕府は、ご書院番頭であった板倉重昌を上使として派遣し、九州諸藩による討伐軍をも別途組織し、一揆軍の籠城する原城を再三攻撃するが、抗戦の前に敗走を繰り返す。板倉の率いる討伐軍は手柄を狙うだけの旧態依然としたものだった。

事態を重く見た幕府は、ふたり目の上使として老中松平信綱の派遣を決定した。

話は前後飛躍するが、「甲賀ゆれ」によって没落、すなわち地域における支配者としての地位を失った甲賀の旧侍衆は、寛永年間には生活に困窮する者も出始めていた。

そこでかつては武士であったという含みで「甲賀古士」を自称し、幕府に対して仕官を求めることとした。その交渉相手として松平信綱がいたのであった。この巡り会わせを見過ごす手はない。

若いころの暴走を真摯に受け止め、一から出直した新造は、以後の努力の甲斐あって、村はもとより甲賀郡のまとめ役をまかされ、名も三郎兵衛にあらため、多忙な日々を送っていた。

彼は甲賀古士約百名を率いて水口宇田を通過中の信綱を訪ねた。以前から面識があったこともあって、話は早かった。

「なんと、甲賀からも参戦したいとな」

「は。もしお供を許されれば、忍びの術で必ずやお役に立ちましょうぞ。お任せ下さりませ」

「忍びの術か……。どのようなことができるか」

「敵陣地の構造をお調べ申しあげまする」

「敵は廃城になった原城跡を修復して使うておるらしいの」

「かように聞いておりまする」

「城の構造を探るのに、もたもたもしておれんな」

信綱は鉄扇で首をトントンと叩くと、

「おもしろい。ついてまいれ。人数は十名じゃ。あとの者は甲賀にて待機しておれ。いつなんどきその方らの力を借りねばならぬかわからぬからな。田舎侍よりはよほど使えそうじゃ」

信綱は、ご書院番頭板倉重昌のもとに馳せ参じた九州諸藩の腕自慢たちが身勝手な攻撃を繰り返したあまり、犠牲者ばかり多くて戦果の少なかった、第一次幕府討伐軍を皮肉ってこう言った。

「ありがたき仕合わせにござります」

新造は若手を中心に九名を選出する。これに新造自身を加えて十名とした。望月彦右衛門、川中十郎太ら九名が新造と信綱のお供をして、船で着陣した。

翌々日、十名に対して信綱から呼び出しがかかった。

「早速だが、いまから申すことを調べてまいれ。わが軍の仕寄先（前戦）から敵城の堀際までの距離。沼の深さ。塀の高さ。矢間の様子。以上、明日江戸へご注進願うため、調べて絵図に記録せよ」

「御意」

その夜、芥川以下五名が築後久留米藩主有馬豊氏の仕寄場に赴き、信綱が
「ご苦労にござる。これより忍びたちが敵の城について調べて参るゆえ、木戸を開けてもらいたい」

「それは構いませぬが、敵の監視も厳しゅうござるぞ」

木戸の隙間から覗いてみると、なるほど敵の投げる松明《たいまつ》の明かりで塀下の様子は丸見えである。

「これでは入るにも入れまい」

信綱が心配していった。

「入るのは夜が更けるまで待ちましょう。それまで、塀下で待機！」

「なんと」

新造の一声で、忍びたちはそろりと木戸の外へ出て行った。外に出ると、めいめいがすでに討死した味方の死骸に身を隠してじっとしている。実はじっとしているように見えて、ほんの少しずつ動いているのだ。それは信綱ですら気づかぬほどの遅さである。こうして忍びたちは

気づかれぬようにその位置を変えていった。

夜が更けて城中が物静かになると、忍びたちは活動を開始した。まるで虫が湧くように……。

そして彼らは敵に知られることもなく、任務に応え、貴重な情報を信綱にもたらした。

信綱は驚き、こう言った。

「見事じゃ。手柄である」

信綱は甲賀衆の操り方を知っていた。もとより徳川幕府には甲賀の忍びの出身で旗本として雇っている者がたくさんいた。忍びなら人手はいくらでもあったのだ。それをなぜあえて部外者の起用に踏み切ったかと言うと、そこには彼一流の計算が働いていた。彼らは仕官という餌さえぶら下げておけば、死ぬまで走り続ける。実際、信綱は、あれこれとうるさく言ってくるだけで、自分の出世には少しも役に立たぬような人間をゴミ呼ばわりし、この一揆を利用して、大量に処分するつもりでいた。

しかも江戸や都のように、人の噂が追いかけてくることもない、九州は肥前島原と肥後天草という、博多や小倉にいてさえも何も聞こえてこぬような極めて使いでのある一揆であった。

実のところ、信綱が本当に甲賀衆にしてほしかった役目は、いちばん最初に依頼した原城の設計に関する疑問を解くということだけであった。それからあとは、あえて甲賀衆を危険な状況に追い込むことだけを目的とした、いわば罠そのものであった。

信綱は新造に命じた。

「肥前佐賀藩主である鍋島勝茂殿の陣から塀際へ忍び寄り、兵糧《ひょうろう》一俵をぶんどってこられよ」

「そのような分捕りのご奉公は怖ろしゅうございます。なにとぞご勘弁くださりませ」

「何と申される。敵陣の兵糧は大切なものでござるよ。一粒でも奪ってきたならご忠節であり、手柄にもなろうぞ」

逆にいえば、兵糧を一粒も奪って来なかったら、忠節を尽くしていない、すなわち謀反人であるという一種の脅しであった。

その夜、甲賀古士十名は筑前福岡藩主黒田忠之の仕寄所から忍び寄り、海手の堀際に隠し置かれていた敵の兵糧十三俵を盗んだ。

このときだった。新造の心にひとつの言葉が浮かんだのは。

(もうやめて甲賀に帰れ)

爺様だ。五十年ぶりに聞く爺様の言葉だった。しかし、新造の判断は変わらない。もう二度と爺様の声が新造に届くことはないだろう、そんな気がした。信綱はその成果をことのほか喜んだ。

次に命令を受けたのは、底冷えのする寒い日であった。

「城内の様子が知りたい。だからといって、中に入って様子を見ていたら、命の保障はない。

ただ、このままのやり方を続けていて益があるのかどうか。そろそろ兵糧攻めに切り替えることも考えていかんとな」

「この命、はじめから松平様にお預け致しておるところ。お任せいただきとうございます」

そこで十名の中から新造を含む五名を選び抜き、その日の夜に肥前熊本藩主である細川忠利の先鋒部隊を訪れた。足軽衆と一定の打ち合わせを済ませたのち、木戸を開けさせ塀際に忍び寄った。小柴の陰に隠れて夜更けまで待った。

隙を見て五人が塀に乗り、一足先に新造と望月とが城中へ忍び入った。

その一瞬、呼吸するのも忘れるほどの衝撃が全身を貫いた。新造が降り立ったわずか三間さきに、やせた老婆がひとり立っていたのだ。髪は真っ白だが、腰は全く曲がっていない。驚いたような顔でこちらを見ている。あまりの存在感のなさに人の気配を感じなかったのだ。

新造はびっくりさせられるのが、ことのほか苦手だ。このようなとき、自分は忍びに向いていないと今さらのように感じる。確か過去にもそういうことがあった。何のときだったか思い出せない。そのときは、ひとりの忍びがなんの気配も感じさせずに背後から自分に近づいてきて、いきなり「お前は忍びか」とかなんとか問うて来たのだ。

(殺そう)

新造は迷わずそう判断して、刀の柄を握った。そうだ！　あのときもそうだった。自分は驚きのあまり、無我夢中で短刀を振り回したのだ。

老婆は逃げる代わりに、横を向いて顎をしゃくってみせた。その方に目を移すと、はたして望月が落とし穴に堕ちて大けがをしているようだ。新造は駆け寄って助け出そうとするが、独りでは無理であった。

そうこうするうちに、物音を聞きつけた敵の衆が騒ぎだし、投石をはじめた。すると、その様子を黙って見ていた老婆が望月を塀の外へ逃がす手伝いをしはじめたのだ。

「かたじけない」

新造は急ぎ礼を言うと、頭を垂れた。そして、つい先刻まで殺そうとしていた老婆を見やった。その間も石の礫がひゅんひゅん飛んできて、ごつごつと頭や顔にあたって、大きく変形させている。

一方では、ほかの甲賀衆が望月を抱きかかえながら塀の外で待ちあぐねている。

「新造さん、急がれよ」

口々にそういう声が聞こえた。

新造も老婆も頭や顔を血に染めていた。

(このばあさんは内通者とみなされるだろう、可哀想に)

「すまぬ」

新造はせめて老婆を抱きしめたいと思った。

そのとき新造はツルと交わした会話を不思議なくらい鮮明に思い出した。

「早うお逃げなされ」

新造は痩せ細ったその手を握った。

老婆が指を絡めてきたとき、「あっ」と思った。

このぬくもりには覚えがある。

新造が忘れ去っていた、いや忘れられずに胸の奥に沈めていた若き日の苦い思い出が頭をよぎった。


結局、甲賀古士たちの活躍にもかかわらず、仕官はかなわなかった。

アキは一揆衆から投石などの厳しい仕置きを受けて重傷を負い、そののち一揆の終結とともに幕府軍によって磔にされ絶命した。芥川三郎兵衛が死去したのはそれから十三年後、七十六歳のときであった。

了

《参考文献》

『万川集海　陽忍篇』石田善人・監修　柚木俊一郎・訳　1981年
『忍術の歴史　伊賀流忍術のすべて』奥瀬平七郎・著　1992年
『忍者の生活』山口正之・著　1963年
『戦国の忍び』司馬遼太郎・著　2007年
『〈甲賀忍者〉の実像』藤田和敏・著　2012年
『服部半蔵』戸部新十郎・著　1989年
『忍びの国』和田竜・著　2008年
『島原の乱　キリシタン信仰と武装蜂起』神田千里・著　2005年
『忍者の歴史』山田雄司・著　2016年
『忍者文芸研究読本』吉丸雄哉・山田雄司・尾西康充・編著　2014年

著者プロフィール
岬 涼（みさき りょう）
1955年生まれ　宮崎県出身
私立日向学院高等学校卒業
九大ゼミナール予備校卒業
京都大学理学部卒業
福岡市役所を退職

百地丹波の標的

2024年11月15日　初版第１刷発行

著　者　岬 涼
発行者　瓜谷 綱延
発行所　株式会社文芸社
〒160-0022 東京都新宿区新宿1－10－1
電話 03-5369-3060（代表）
03-5369-2299（販売）

印刷所　株式会社晃陽社

ISBN978-4-286-25831-7